A última sentença

A última sentença

Bettina Muradás

Labrador

© Bettina Muradas, 2025
Todos os direitos desta edição reservados à Editora Labrador.

Coordenação editorial PAMELA J. OLIVEIRA
Assistência editorial LETICIA OLIVEIRA, VANESSA NAGAYOSHI
Capa AMANDA CHAGAS
Projeto gráfico VINICIUS TORQUATO
Diagramação NALU ROSA
Preparação de texto MONIQUE PEDRA
Revisão GLEYCE F. DE MATOS

Dados Internacionais de Catalogação na Publicação (CIP)
Jéssica de Oliveira Molinari - CRB-8/9852

MURADÁS, BETTINA
A última sentença / Bettina Muradás.
São Paulo : Labrador, 2025.
240 p.

ISBN 978-65-5625-879-9

1. Ficção brasileira 2. Corrupção 3. Justiça I. Título

25-1497   CDD B869.3

Índice para catálogo sistemático:
1. Ficção brasileira

Labrador

Diretor-geral DANIEL PINSKY
Rua Dr. José Elias, 520, sala 1
Alto da Lapa | 05083-030 | São Paulo | SP
contato@editoralabrador.com.br | (11) 3641-7446
editoralabrador.com.br

A reprodução de qualquer parte desta obra é ilegal e configura
uma apropriação indevida dos direitos intelectuais e patrimoniais
da autora. A editora não é responsável pelo conteúdo deste livro.

Esta é uma obra de ficção. Qualquer semelhança com nomes, pessoas,
fatos ou situações da vida real será mera coincidência.

Este livro contém cenas e temáticas que podem ser sensíveis para alguns leitores, incluindo trechos que abordam suicídio. Caso sofra com pensamentos suicidas, pule o intervalo entre as páginas 218 e 221 e busque auxílio de profissionais da saúde. Existem pessoas dispostas a ajudar. Ligue 188 ou acesse cvv.org.br para contatar o Centro de Valorização da Vida.

CAPÍTULO UM
PERSEGUIÇÃO

Na descida, as rodas da bicicleta giravam em velocidade tão alta que os raios deixavam apenas o rastro dos movimentos de rotação. O vento bateu forte no rosto de Patrícia, e ela sorriu. O ritmo acelerado do coração se fundia com a rapidez dos movimentos do corpo. Ela sentiu que tinha controle sobre sua vida.

O sol, ainda tímido, surgia atrás das árvores naquela manhã de verão. Mais tarde as ciclovias e pistas de corrida do parque estariam lotadas, mas era na solidão do amanhecer que Patrícia gostava de pedalar pelas ladeiras ao redor do Parque Barigui.

Afinal, aquele era o quintal de sua casa, e ela precisava daquele momento sozinha, focada nas pedras e buracos à sua frente, atenta ao som do vento e dos pássaros. Em algumas horas, ela recomendaria a pena máxima para um traficante preso em flagrante há cinco anos na Vila Torres. O homem era o chefe de uma quadrilha que distribuía cocaína e crack por toda a região norte de Curitiba. Patrícia tinha certeza de que, em menos de dez anos, ele estaria nas ruas e, muito antes disso, já estaria gerenciando sua operação de dentro da Penitenciária de Piraquara.

O lago escuro apareceu no final da ladeira. Um corredor treinava na pista da margem oposta e um carro se aproximava em alta velocidade pela Cândido Hartmann, uma avenida controlada por radar.

A promotora pública, acostumada ao olhar ameaçador no rosto dos criminosos, acionou seus sensores de alerta. A adrenalina inundou seus vasos sanguíneos, que se contraíram num instante. O carro prateado estava a menos de trinta metros de distância. Patrícia pedalou com toda a força das pernas, cruzou a rua e pulou da bicicleta. Entrou numa mata de restinga que margeava o lago e sentiu os galhos perfurarem a pele de suas pernas.

Ao longo da vegetação, ela percebeu o muro de alvenaria do Museu do Automóvel e rastejou até lá. Ouviu passos cruzando a ponte e lembrou do antigo Morris vermelho exposto num quiosque envidraçado em frente ao museu. Alcançou um pedaço de tijolo caído no chão e o jogou contra o vidro. O alarme disparou e Patrícia se jogou no chão, esperando que o som fosse ouvido na sede da Guarda Municipal na próxima quadra. As vozes soavam muito próximas. Um dos homens estava amedrontado:

— Vou voltar, cara! Não vou ficar aqui parado esperando a polícia chegar!

— Tá louco? Temos que terminar o serviço. Essa vadia não pode com a gente e não vou perder essa grana!

Patrícia ficou imóvel por minutos que pareceram horas. Quando a moto de uma empresa de segurança particular finalmente apareceu, ela sinalizou para o homem que não parecia ter mais de vinte anos, gritando por ajuda.

O rapaz, assustado, notou o sangue que escorria pelas canelas da promotora pública, que milagrosamente conseguira encontrar a carteira de identificação na pochete que carregava na cintura. Suas mãos tremiam. Ela tirou o capacete e lentamente levantou sua bicicleta do chão.

O crime era a especialidade dela, mas o papel de vítima não lhe caía bem.

As narrativas detalhadas nos depoimentos para a polícia seriam inúteis. Os homens já estavam bem longe dali.

— Podemos providenciar uma viatura para levar a senhora. — O policial mexia os braços de maneira exagerada, como se estivesse declamando.

— Obrigada. Prefiro pedalar.

Patrícia só queria voltar para casa. Precisava sentir a segurança dos muros do condomínio e das paredes brancas da sua morada.

Suas pernas latejavam. A promotora recolocou o capacete e sentiu um aperto no alto da cabeça. Passou a perna direita por cima do selim e alcançou o pedal. Nas primeiras pedaladas, a dor irradiando das suas canelas parecia um corpo estranho.

No asfalto plano, Patrícia sentiu o movimento descompassado dos pedais e o coração descontrolado.

CAPÍTULO DOIS
INVESTIGAÇÃO

Patrícia acordou sobressaltada. Pela intensidade da luz que entrava por uma fresta da cortina, adivinhou que aquele dia de fevereiro estava longe do fim, e afundou a cabeça no travesseiro.

Meia hora depois, pulou da cama. Não podia mais ignorar os fatos. Quem dirigia aquele carro prateado tinha claras intenções. Ou melhor, tinha intenções nefastas. O silêncio incômodo da casa invadiu o quarto, e ela se viu solitária num universo familiar, povoado por criminosos poderosos, policiais corruptos e advogados gananciosos. Imaginou a si mesma num rio largo e profundo, sendo levada pela correnteza. Enxergava a margem cada vez mais distante. Poucas vezes ela deixava a fragilidade se mostrar além da couraça que exibia nas salas e corredores dos fóruns e tribunais, mas naquela manhã teve dificuldade para vestir a couraça, mais pesada do que podia suportar.

Sem muita convicção, desceu a escada que ligava os três quartos do segundo andar ao restante da casa. Através das grandes portas de vidro que separavam a sala da varanda, Patrícia viu o marido sentado na cadeira branca de costume, fumando charuto enquanto mexia distraidamente nos cubos de gelo do copo de suco sobre a mesa redonda. Ele parecia mais velho, com o desânimo se apoderando de seus sentidos.

— Dormi muito? — ela abriu a porta e perguntou, a voz rouca de quem acabara de acordar.

— Podia ter descansado mais. O Joaquim vem conversar daqui a pouco. Você consegue lembrar de alguma coisa? — Ricardo foi direto, como sempre.

Ela sorriu e mexeu a cabeça. Algumas mechas do cabelo escuro teimavam em cair, desafiando o coque preso atrás da cabeça. O movimento não escondia o desconforto dela.

— O que foi?

— Eu podia ter sido atropelada. Isso que foi.

— E você acha que eu não sei? Quantas vezes eu preciso dizer a mesma coisa? Até onde você vai querer chegar com essa loucura de promotoria? Acusar esse tipo de gente… e pra quê? Não consigo entender. O que falta na sua vida?

Ela se calou por um momento. Sabia exatamente o que faltava, mas não ousava responder. Não poderia encarar mais uma discussão sobre filhos e almoços de domingo. Já sabia como tudo terminaria: dias de um silêncio irritante, cada um com seus sonhos bem guardados e esquecidos em algum recôncavo do cérebro. Deu dois passos para o lado e deixou Gypsy entrar. Sabia que Ricardo detestava cachorros dentro de casa, mas Patrícia precisava do carinho sincero da labradora enorme que abanava o rabo e olhava para a dona com devoção.

— Esse é o meu trabalho. Você sempre soube que estava se casando com uma promotora de justiça. Ou pensou que ia me transformar numa dona de casa e esposa exemplar em tempo integral?

— Qual é o problema em ser minha esposa?

— Não acredito que nem um atentado consiga mudar essa fala.

Ela foi interrompida pela campainha do interfone e foi até a cozinha, seguida de perto pela cachorra. Sem dizer nada, desceu a outra escada que levava até a porta da frente e abriu o enorme e pesado portal tailandês, que em nada harmonizava com o estilo contemporâneo da fachada da casa.

— Oi, Joaquim.

Patrícia não se sentia à vontade na presença do delegado, amigo do marido. O homem tinha pose de galã e olhar lascivo, mãos pegajosas e atrevidas. Já ouvira rumores sobre ele. As pessoas não diziam nada abertamente, mas ela desconfiava que o delegado estava envolvido em pelo menos um caso nebuloso. Quando a polícia estourou um desmanche de carros roubados, o proprietário da oficina de fachada acusou o delegado de receber uma bolada mensal em troca de proteção policial para o negócio. Nenhuma acusação foi protocolada contra Joaquim, mas a desconfiança dela permanecia como um lembrete.

— Tudo bem com você? Ricardo me ligou muito preocupado.

— Vamos pra varanda. — Ela subiu a escadaria de mármore branco sentindo a proximidade petulante do homem atrás dela.

Ricardo Cunha continuava sentado no mesmo lugar. O copo de suco estava pela metade e o charuto exalava um odor desagradável de baunilha que atravessava a porta de vidro escancarada e se espalhava sem cerimônia pela casa.

— Salve, salve, senhor juiz!

— Que bom que você chegou. — Ricardo não se levantou.

Joaquim puxou uma cadeira para Patrícia, num gesto ensaiado.

— Obrigada.

— Você toma alguma coisa? — perguntou ele.

— Acompanho você no suco.

Patrícia não fez menção de se levantar. Ricardo explicou que tinha dado folga para a empregada para poderem conversar com mais privacidade e esperou que a mulher servisse seu convidado, mas foi Joaquim quem deu um sorriso e se ofereceu para preparar o suco. Gypsy levantou a cabeça, mas preferiu ficar deitada onde estava, junto dos pés da dona, como uma escultura cor de marfim de pelos brilhantes em sintonia com o mármore branco do piso.

— Podemos começar? — Patrícia queria terminar a reunião o mais rápido possível.

— Essa não é uma conversa oficial, você sabe. Estou só tentando ajudar — explicou Joaquim.

— Não lembro de muita coisa, mas posso dizer que o carro era um Peugeot prata modelo Sedan. Vi duas pessoas, motorista e passageiro, mas foi muito rápido. Não consigo identificar ninguém.

— Placa?

— Peguei as letras ARI com certeza e os primeiros números 40 sem certeza.

— Não é muito, mas posso tentar. Você não consegue lembrar de mais nada?

— Lembro das vozes. Eram dois homens, um deles tinha sotaque espanhol. Enquanto eu estava escondida no Museu do Automóvel, consegui escutar o que diziam. Nada que possa identificar alguém, só o sotaque.

— Você condenou alguma quadrilha de tráfico recentemente? — perguntou o delegado Joaquim.

Patrícia deu uma gargalhada nervosa.

— Sou promotora, lembra? É claro que a promotoria consegue condenar alguém de vez em quando.

— Onde estão os seus últimos processos? — quis saber o marido.

Ela suspirou, resignada. Tinha que admitir que, dessa vez, Ricardo estava certo. Ela precisava pesquisar, vasculhar anotações e cópias oficiais arquivadas em seu HD externo. Ao mesmo tempo, sabia que a busca seria inútil. Se um chefe de quadrilha condenado estivesse preso, outro chefe teria tomado seu lugar. Se estivesse solto, nada o deteria. Nem mesmo morto deixaria de ser uma ameaça.

Aos trinta e seis anos, Patrícia não estava pronta para morrer pelos seus ideais de justiça.

* * *

Foram quarenta e oito horas de busca. Alguns nomes, anotados como suspeitos. Um deles chamou sua atenção. Ela lembrava muito bem do processo contra Jamal, o "Rei da Fronteira". Tinha acabado de assumir a Décima Quinta Promotoria em Foz do Iguaçu, a maior cidade na fronteira com o Paraguai. Por ali, circulavam os formiguinhas que traziam quinquilharias contrabandeadas pela Ponte da Amizade e também os criminosos do mais alto escalão, que sabiam como sumir nas entranhas do Paraguai.

Jamal foi condenado em 2007 a vinte anos de prisão por tráfico internacional de drogas. Mesmo foragido, foi inocentado da acusação em 2009. Antes disso, voltou a ser condenado, dessa vez por sonegação fiscal. Encontrado pela polícia vivendo num condomínio em Ponta Porã, no Mato Grosso do Sul, foi preso e levado para o presídio de segurança máxima em Campo Grande. A pena inicial, de doze anos e seis meses de prisão, foi revista para dez anos e seis meses. Pouco tempo depois, o mesmo Rei da Fronteira foi acusado como mandante do assassinato de um jornalista do Diário de Ponta Porã. Apesar das evidências de crime por encomenda, nada ficou provado.

Um simples clique comprovou as suspeitas de Patrícia. Jamal estava em liberdade, tendo cumprido dois terços da pena.

No escritório, no segundo andar da casa, uma caneca de café com leite repousava ao lado do laptop numa grande escrivaninha. Aquele era seu refúgio particular naquela construção gigante. Da janela, viu duas pombas arrulhando e se bicando, talvez por fome ou tédio. Reparou na piscina em formato de raia olímpica com fundo azul-escuro. A cor escolhida pelo arquiteto criava um ar melancólico numa piscina que deveria refletir a luz do sol e iluminar o jardim, mas a casa tinha sido idealizada pelo marido para ser um monumento moderno e impessoal. Patrícia estava ocupada demais no trabalho para se envolver em discussões intermináveis sobre cores de mármore, tecidos e pastilhas. Na verdade, ela nunca tinha abraçado aquele projeto e se sentia culpada. Por isso, aceitou todas as sugestões do arquiteto famoso reverenciado por Ricardo.

No teclado do laptop, ela digitava furiosamente. Pedia informações sobre as atividades de Jamal, perseguia qualquer possibilidade de encontrar alguma referência ao nome dele nos sites de busca e de relacionamento.

O toque do celular interrompeu seus pensamentos. Ela viu o nome de Joaquim no visor e atendeu imediatamente.

— Oi, Joaquim.

— Estou incomodando? — perguntou ele.

— Não. Você conseguiu alguma coisa com a placa do carro? — A ansiedade transparecia na voz dela.

— Nada. Carro roubado, como já era esperado. Encontraram o carro no estacionamento de um supermercado no Jardim das Américas. Foi roubado no Portão, do outro lado da cidade.

— Assim fica difícil — ela falou, o desânimo evidente.

— Se precisar de alguma coisa, pode gritar.

— Obrigada. Tenho minhas desconfianças, mas não posso ter certeza.

— Algum caso em particular?

— Chefe de uma quadrilha de narcotráfico, condenado quando eu ainda estava em Foz do Iguaçu, meu primeiro processo grande. Fez milhões de ameaças. Os jornais fizeram a festa.

— Imagino. — A voz de Joaquim carregava uma pitada de sarcasmo.

— Obrigada mesmo assim. — Patrícia queria encerrar a conversa.

— Se cuide. Esses caras podem voltar.

As palavras ecoaram pelo escritório. "Podem voltar."

O calor úmido do sol penetrava pelos janelões de vidro, apesar da frieza do piso de mármore branco piguês espalhado pela casa inteira.

Ela se surpreendeu com as vozes familiares vindas do andar de baixo. Logo viu o marido parado em frente à porta do escritório. Ainda era um homem bonito, mas sua expressão sempre carregada, as olheiras cada vez mais profundas e o cabelo grisalho deixavam a impressão de uma velhice precoce e inexorável.

— Conseguiu descobrir alguma coisa? — A pergunta não tinha conotação desafiadora.

— Tenho um palpite, mas, mesmo que esse cara seja o mandante, não tenho ideia de onde procurar, nem tenho a menor chance de provar alguma ligação entre ele e esses dois criminosos que tentaram me matar. Parece que estamos totalmente impotentes.

— Ainda é cedo para apostar num único condenado. Você deve ter uma lista enorme de gente que quer te ver num caixão.

Ela tentou sorrir.

— Alguns casos foram mais marcantes que outros. Esse Rei da Fronteira foi um dos grandes — Patrícia continuou. — Ele tinha muita gente da polícia na folha de pagamento, mesmo assim conseguimos condenar.

— E esse cara agora está solto… Nosso código penal é uma piada de mau gosto.

— Isso vindo de um juiz federal vira manchete de jornal. — Ela riu e pensou nas discussões animadas do casal no primeiro ano de namoro. A justiça sempre presente e invariavelmente venerada naquele tempo que parecia cada vez mais fictício.

— Você acha graça? O cidadão está caçando você aqui perto da nossa casa, sabe onde moramos, conhece nosso condomínio... O que você pretende fazer? Colocar um alvo na testa e sair por aí? Esse é o seu plano engraçado?

— Não acho graça, mas não vou desistir da minha vida e nem vou deixar de rir por causa de um traficante que devia estar trancafiado e esquecido numa cela por muitos anos.

Patrícia passou pelo marido de cabeça baixa e desceu a escada lentamente.

A mesa estava arrumada para dois. Uma jarra de suco de laranja repousava no bufê. Ela estranhou o almoço familiar num dia de semana. O juiz Ricardo Cunha costumava chegar ao fórum às onze da manhã e jamais voltava para casa antes das oito da noite. Mas, naquela terça-feira, lá estava ele...

O que mais mudaria em sua rotina depois daquele atentado? A vida organizada como ela conhecia estava ameaçada.

CAPÍTULO TRÊS
MUDANÇA DE RUMO

Patrícia entrou na garagem e viu as duas caminhonetes Discovery lado a lado, muito parecidas. Mais uma escolha do marido. Mas, nesse momento, ela estava agradecida pelas portas e janelas blindadas que ele exigiu na compra.

As casas do condomínio exibiam as linhas retas da arquitetura moderna como uma etiqueta de grife. O portão eletrônico foi acionado pelo porteiro e ela olhou para a rua. Uma estranha sensação de insegurança tomou conta.

Ela pensou que a falta do ar puro e do exercício matinal costumeiro estavam cobrando seu custo em excesso de cortisol e estresse.

Ligou o celular, conectado ao som do carro. Uma antiga canção dos The Rolling Stones ecoou em alto volume.

Ela seguiu pela Professor Francisco Basseti Júnior, a rua do condomínio onde morava, e viu, pelo espelho retrovisor, um carro branco se aproximando. Na Cândido Hartmann, pisou no acelerador, ultrapassando o limite de velocidade permitido. O outro carro também aumentou a velocidade. Pensou em virar à esquerda ao avistar a placa do Cemitério Parque Iguaçu, mas lembrou dos bosques bucólicos do caminho. Os pinheiros e a paisagem campestre das chácaras que enchiam de prazer as suas pedaladas matinais agora a intimidavam. Ela preferiu um trajeto mais movimentado e, sem dar sinal, virou à esquerda na via rápida Martim Afonso. Viu o pisca-alerta do carro branco atrás dela, diminuiu a velocidade e pegou a pista da direita, enquanto o outro carro seguia pela esquerda. Três quadras mais adiante, uma mulher descabelada desceu do carro branco, estacionado numa vaga para idosos, em frente a uma farmácia Nissei.

Buzinas tiraram Patrícia do estado de inércia. Ela não conseguia acreditar que estava tão assustada a ponto de imaginar que estava sendo seguida pelo primeiro carro que apareceu em seu retrovisor.

O prédio do Centro Judiciário do Santa Cândida era uma construção desordenada de tijolos aparentes e concreto. Àquela hora, o estacionamento ainda estava vazio, pois a grande maioria dos funcionários chegava ao meio-dia. Em frente às portas de vidro na entrada do bloco três, dois cachorros tinham fixado residência. Um tapete plástico servia de cama para os dois vira-latas, que até ganhavam ração de alguns funcionários. Um brinquedo para filhotes estava caído ao lado da porta.

Patrícia gostava de chegar mais cedo. Não queria ver sua sala abarrotada de processos e inquéritos à espera da disponibilidade da promotora. Caminhou pelos corredores que mais pareciam um labirinto de paredes divisórias e reparou que o tapete estava ainda mais manchado, rasgado em alguns pontos. A Primeira Vara Criminal ficava no segundo andar. Dois estagiários e uma assistente da promotoria dividiam o espaço com ela; uma sala sem janela, banhada pela luz esbranquiçada do teto. Patrícia se serviu de uma xícara de café antes de mergulhar no trabalho.

No final do dia, oito xícaras de café haviam sido consumidas. Vários documentos, examinados. Leis tinham sido revistas e citadas. Exausta, ela decidiu encerrar o dia e não levar trabalho para casa. Precisava de uma noite tranquila e de um jantar sereno na companhia do marido.

O trânsito lento em frente ao Shopping Mueller já era esperado, resultado óbvio da quantidade de carros nas grandes cidades, um desvario que se eternizava com a justificativa de criar empregos, como se a indústria automobilística fosse o único motor propulsor da economia nacional. Convencida a não se deixar irritar, concentrou-se na música e cantou durante todo o trajeto até alcançar o portão de ferro do condomínio.

O horário de verão retardava o anoitecer, a água da piscina convidava para um mergulho. Patrícia pulou de cabeça e sentiu a temperatura perfeita da água em contato com a pele. Ela segurou a respiração, tentando fazer durar a sensação deliciosa. Depois de alguns minutos de braçadas vigorosas, viu a figura esguia do marido a observando.

— A água está maravilhosa. Venha dar um mergulho.

— Acho que não, já está tarde. Vamos jantar? Mandei fazer aquele filé com molho de pimenta que você gosta.

— Obrigada. Já subo.

— Vou abrir o vinho. — Ele saiu, apressado.

Ricardo esperava por ela sentado junto da mesa de jantar. Uma garrafa vazia de vinho tinto da Borgonha estava ao lado do decantador de cristal, que deixava transparecer a cor de amora do líquido encorpado. Há algum tempo, Patrícia vinha percebendo que as garrafas de vinho haviam se tornado mais que boas companheiras para seu marido, mas não ousava tocar no assunto, prevendo uma explosão doméstica.

Ela se serviu de uma taça e avisou a cozinheira que já podia servir o jantar. Um aroma gostoso de pimenta verde encheu o ambiente, e ela percebeu que tinha muita fome.

— Acertei o ponto dos filés? Malpassado para a senhora e ao ponto para o senhor?

— Tudo ótimo, Lucimara. Obrigada.

Ricardo comeu pouco. Um silêncio perturbador tomou conta do ambiente. A sala de jantar ficava no mezanino. De onde estava sentada, Patrícia olhava para o vazio deixado pelo pé-direito imenso da sala, que alcançava o terceiro andar da casa.

— Estou pensando em pedir uma licença. Podemos viajar, passar um tempo na Europa. O que acha? — perguntou Ricardo.

— Agora? Estamos no meio de um processo complicado na Promotoria…

— Você tem assistentes.

— No que você está pensando?

— Uns seis meses na Europa. Alugar um apartamento em Paris. Eu sempre gostei da cidade. Estudei lá, você sabe! Até peguei alguns endereços de apartamentos com o Augusto.

— Mas eu não posso tirar seis meses de licença. — Ela ouviu seu próprio tom de voz alterado e torceu para que Ricardo não tivesse percebido.

— Claro que pode. Você sofreu um atentado, pode alegar qualquer coisa e sair. Basta querer!

— Mas quanto custa um apartamento em Paris?

— E desde quando você precisa se preocupar com dinheiro?

— Somos assalariados, Ricardo. Que eu saiba, você não foi o ganhador da Mega-Sena… — ela pausou. — Eu consigo umas três semanas de férias.

— Você lembra de quando o Augusto e a Ângela moraram na França? Eu sempre quis fazer uma coisa assim.

— Eles têm uma galeria de arte, é o trabalho deles. Representam um artista que vive lá. Pelo amor de Deus, pense um pouco. — Ela não conseguia esconder sua impaciência.

— Estou pensando. Esse é o problema. Estou pensando em fazer uma coisa que eu sempre quis fazer, mas você não consegue entender.

— De onde apareceu isso agora? Somos casados há dez anos e você nunca falou em morar em Paris. — Ela levantou da cadeira e sacudiu a cabeça.

— Estou falando agora.

— Vamos comer a sobremesa.

Patrícia voltou ao seu lugar e devorou duas fatias de pudim sem dizer uma palavra.

Ela tentou entender os motivos do juiz. Um atentado contra a vida da esposa podia ser uma forte motivação, mas o Ricardo que ela tinha conhecido há mais de dez anos estaria se preparando para caçar os bandidos, jamais abandonaria a batalha para passear pelas ruas de Paris. Ela pensou em voltar ao assunto e tentar desvendar o enigma que cercava a figura do juiz nos últimos tempos, mas se calou.

Ricardo preferiu terminar a taça de vinho.

— Desculpe, mas o porteiro avisou que a senhora recebeu um presente. Está na guarita. Quer que eu vá buscar? — perguntou a cozinheira.

— Quem mandaria um presente pra mim? Ainda mais nesse endereço?

Patrícia se serviu de mais uma fatia de pudim de leite, eleito por ela como uma das três sobremesas impossíveis de resistir em qualquer situação.

Quem a visse naquela casa, imaginaria uma mulher mimada, que levava uma vida de riqueza e preguiça. Mas ela não era nada disso, era uma guerreira. Filha de um típico casal de classe média de Cascavel; ele, dentista e ela, dona de casa. Foi uma menina risonha que adorava andar de bicicleta pelas ruas de terra vermelha do oeste do Paraná, como tantas outras. Mas, de uma hora para outra, tudo mudou. O pai, enterrado cedo demais, vítima de um ataque cardíaco, levou a mãe a sair de casa em busca de salário para pagar as pilhas de contas. Muito cedo, Patrícia aprendeu que as certezas da vida eram passageiras.

Lucimara apareceu carregando uma caixa quadrada, com uma fita vermelha amarrada num laço malfeito.

Ricardo estranhou a falta de um cartão e pediu para ver a caixa. Sacudiu e ouviu o barulho de alguma coisa solta dentro. Escorregou a mão pela tampa da caixa de papelão branco. Não estava embrulhada com papel de presente.

— É melhor não abrir. Vou chamar o Joaquim.

— Acho que estamos ficando todos paranoicos — disse ela, indicando que lhe entregassem a caixa.

— Melhor ser um paranoico prevenido. Deixem isso na mesa. Pode ir para casa, Lucimara — ele pediu e tirou o celular do bolso.

Patrícia reparou na fita: feita de tecido de qualidade inferior.

Meia hora depois, o delegado estava em pé ao lado da caixa fechada. Depois de levantar e sacudir a caixa de todas as maneiras, passar a ponta dos dedos nas emendas do papelão e sentir as ranhuras na fita de tecido, anunciou:

— Vou abrir, mas é melhor vocês saírem da sala.

Patrícia sacudiu a cabeça e saiu, resignada.

O silêncio invadiu a casa. Ela pensou em filmes de ação, numa explosão espetacular e nas manchetes do dia seguinte. Não que alguém fosse sentir falta do delegado Joaquim…

— Podem voltar! — A voz alta ecoou pela casa.

21

— O que tem na caixa?

— Veja você mesma.

Recortes de jornal se amontoavam ali dentro. Ela tirou o primeiro pedaço de papel, rasgado de uma página inteira sem cuidado algum.

"Assassinato de promotor na Zona Sul de Belo Horizonte completa dez anos."

Numa outra folha, impressa de um arquivo de internet, ela leu: "Ex-promotor encontrado morto em sítio será enterrado em Valença, no Rio de Janeiro".

— Você ainda acha que eu estou sendo paranoico? — Ricardo falou num tom de voz mais alto que o normal.

Joaquim pegou novamente a caixa.

— Sou obrigado a concordar. Você precisa se proteger. Não sabemos o que essa gente quer, mas parece que não vão desistir fácil. Você deve estar metida em algum caso que ameaça uma quadrilha forte.

— É claro que estou num caso, estou sempre num caso... sou promotora. — Suas mãos se contorciam de frustração.

— Pois é...

— Patrícia, você não consegue entender? Você tem que sair desse caso, seja lá o que for. Você vai pedir transferência amanhã mesmo. Não vai arriscar a sua vida e a minha por causa de um caso que provavelmente vai dar em nada. Em menos de um ano, vão estar todos soltos. Penas suspensas e por aí vai. Você conhece o sistema tanto quanto eu. Vale a pena essa vida? — Ricardo parecia descontrolado, andando em círculos.

Patrícia afundou numa poltrona de couro.

— Talvez você tenha razão. Não sei mais o que pensar.

— Vou mandar dois seguranças da minha confiança para cá. Eles ficam aqui até amanhã, depois pensamos numa solução. Patrícia, se eu fosse você, pediria uma licença. Ficaria em casa — aconselhou o delegado.

— Obrigada. Preciso subir.

Ela subiu a escada como se carregasse enormes bolas de chumbo nos pés. Simplesmente não era justo. Tanto esforço dedicado à Justiça e era ela quem estava condenada a cumprir prisão domiciliar.

CAPÍTULO QUATRO
DESPEDIDA

O cachorro do vizinho não parava de latir. Ela pensou no rottweiler, sempre preso num canil nos fundos da casa. Tinha vontade de processar os vizinhos.

Patrícia sentou na cama, tentando focar a atenção nos números do relógio do celular, mas logo lembrou da conversa com o delegado Joaquim no dia anterior: "ficar em casa", "pedir uma licença".

Viver encarcerada entre as paredes modernas da própria casa. Até quando? Ela não pretendia jogar a própria vida no lixo por causa das ameaças de uma quadrilha qualquer. Mas também não pretendia se transformar em mártir da Justiça, mais uma promotora assassinada por bandidos.

Gypsy deu dois latidos, um fato raro. Certamente tentando chamar a atenção da dona para a injustiça cometida pelos vizinhos.

Ricardo já tinha saído quando Patrícia preparou uma xícara de café com pouco leite e açúcar cristal. O jornal estampava uma notícia sobre um doleiro preso em Curitiba, acusado na Operação Lava Jato.

O vice-presidente da Câmara dos Deputados, Darcy Vargas (PT-PR), utilizou um avião emprestado pelo doleiro Eduardo Freitas, pivô da operação da Polícia Federal

> que apura esquema de lavagem de dinheiro que teria
> movimentado R$ 10 bilhões em operações suspeitas.
> A viagem de Londrina a João Pessoa, na Paraíba, foi dis-
> cutida em uma conversa entre os dois por um serviço
> de mensagem de texto, no dia 2 de janeiro.
> De acordo com a troca de mensagens do aplicativo BBM,
> Freitas agendou voo em jato particular para Vargas às
> seis e meia em avião de prefixo PR-BFM.

Patrícia olhou para a foto do doleiro e pensou que aquele rosto parecia familiar, mas logo se concentrou na leitura do texto:

> As mensagens indicam que o deputado paranaense
> usou sua influência política junto à Caixa Econômica
> Federal para forçar a contratação de uma empresa de
> sistemas para fornecimento de software por um valor
> que ultrapassa os R$ 4 milhões.

Depois de vasculhar as páginas do jornal, ela pensou na Justiça. Mesmo que os inquéritos, a análise de milhares de documentos e os processos contra doleiros, políticos e funcionários de banco não condenassem uma pessoa sequer, ela precisava acreditar na Justiça. Para Patrícia, era muito mais que uma palavra dita e repetida sem convicção, vazia de significado. Desde criança, uma menina magricela com franja na testa, tentava resolver as brigas no recreio da escola. Procurava o culpado pelo início da confusão. Discutia os motivos do confronto no pátio até a terceira batida do sinal. Só então corria de volta à sala de aula.

Depois da segunda xícara de café, Patrícia ligou para o juiz Carlos Fontana.

— Carlos, preciso muito conversar.

— Ainda aquele assunto? — O juiz da Primeira Vara Criminal percebeu a preocupação na voz da promotora.

— Ainda.

— Já entendi que você não vem trabalhar.

— Infelizmente não posso. Você consegue escapar para o almoço?

— Consigo, mas não posso demorar, você sabe como estamos por aqui…

— Podemos marcar aqui na minha casa?

— Combinado.

Como dizer ao homem que confiou plenamente nela por quase sete anos que não poderia corresponder às suas expectativas? Que não poderia corresponder às *próprias* expectativas?

Carlos chegou pouco antes do horário combinado. O bairro de Santa Cândida ficava no outro lado da cidade. Ele usava camisa amarrotada sem gravata e o cabelo grisalho amarrado num rabo de cavalo. Carlos estava longe de ser um modelo de tribunal, mas era respeitado por todos pela inteligência e conhecimento dos meandros das leis.

— Como você está?

— Já estive melhor… — Ela mostrou o caminho até a escada que levava à sala de jantar.

— Posso imaginar.

— Vamos almoçar. Não consigo pensar com fome.

— Estamos aqui para isso. — Fontana sorriu, mostrando os dentes amarelados pelos longos anos de vida como fumante. — Acho que também vou querer uma tarde de licença depois deste almoço.

Patrícia estava aliviada porque Ricardo não estava em casa, ele tinha avisado que não conseguiria voltar para o almoço. Ela preferia conversar sem a interferência do marido. Sentia que Ricardo não respeitava o juiz Carlos Fontana como deveria, como se o fato de atuar na Justiça Federal conferisse ao trabalho de Ricardo importância maior que as árduas batalhas enfrentadas pelos juízes e promotores estaduais, como Carlos e Patrícia.

— Depois do atentado, recebi uma ameaça aqui em casa. Ricardo ficou apavorado.

— Sei como são essas coisas. Minha segunda mulher me deixou por causa das ameaças de uma gangue de quinta categoria.

— O atentado foi um soco no estômago. Eu nunca imaginei que era tão frágil. Nós todos somos. — A última frase foi dita quase num sussurro.

25

— Acho que o segredo é não pensar demais. Eu não imagino minha vida fora do sistema, mas também nunca fui um grande exemplo. Paguei meu preço, você sabe. Estou na quarta mulher, mal vejo meus filhos...

— Não sei se eu posso abrir mão de tanto. Nem penso que Ricardo poderia me deixar por isso, mas entendo que ele esteja assustado.

— Qual é a sua ideia? Precisa de uma licença?

— Ricardo quer passar um tempo em Paris. Estudou lá antes de nos casarmos.

— Não vejo você vivendo fora do Brasil. Nem por um tempo. Mas e você? Já parou para pensar no que você quer?

— Quero trabalhar. Quero minha vida de volta.

Ela ouviu suas próprias palavras e se questionou: queria sua vida de volta exatamente como era? Queria voltar para uma casa vazia no final do dia? Queria os longos silêncios e os feriados apáticos? Pensou em Paris, mas não conseguia imaginar Ricardo e ela caminhando de mãos dadas pelo Faubourg Saint-Honoré ou desfrutando longos cafés da manhã entre conversas e sorrisos com vista para a Torre Eiffel.

— Detesto dizer isso, mas já pensou numa remoção? Eu vou sair perdendo feio, mas pelo menos você pode fazer o que sabe em outra Vara. Precisam de gente no Patrimônio Público — disse Carlos.

— Trocar a divisão de crimes pelo Patrimônio Público?

— Pode ser temporário. Melhor que virar dona de casa em Paris — ele disse, rindo —, e ainda fica mais perto de nós.

— Dois dias de dona de casa aqui mesmo e já estou quase batendo a cabeça na parede.

— Imagino. Eu já teria batido.

— Pode ser uma saída. Vou pensar.

— Enquanto você pensa, pode me servir mais um pouco de feijão?

O aroma do feijão preto bem temperado envolvia o ambiente.

— Eu dei uma olhada na situação do Jamal — disse Carlos. — Você pode estar certa. Existe uma briga interna entre a facção dele e a turma da ex-mulher, que ficou no comando durante o período de cadeia dele. O problema é que a ex foi trocada por uma sobrinha aspirante a chefe de gangue e não aceitou bem a saída do trono. Entraram em guerra.

A tal "Chefinha", como é conhecida a nova mulher, sobrinha da ex, gosta de fotos e usa uma pistola cor-de-rosa.

— Pistola cor-de-rosa? Será que é politicamente correta? — Ela riu.

— Vou te mandar um arquivo de fotos da moça. De arrepiar!

— E eu seria apenas um objeto de vingança?

— Uma demonstração de força. Um recado para o promotor e o juiz dos novos processos, uma declaração de poder para os súditos que poderiam passar para o lado da ex. Um lembrete de quem manda na *bagaça*.

O juiz Fontana voltou para sua sala abarrotada no prédio do Judiciário, para a pequena sala de audiências da Primeira Vara, com apenas uma mesa e cadeiras para a promotoria, defesa, juiz e mais quatro assentos para réus e testemunhas.

As instalações onde trabalhavam estavam muito longe do glamour dos tribunais retratados nos filmes de Hollywood, mas Patrícia sentiu inveja do amigo. Queria estar naquele carro cruzando a cidade em direção ao Santa Cândida. Queria discutir penas com o juiz Fontana. Queria encarar os réus com firmeza e ter o poder de fazer justiça.

A tarde se arrastava. Patrícia brincou com Gypsy, nadou, comeu pipoca e mergulhou na água morna da banheira jacuzzi.

Quando Ricardo chegou em casa, encontrou a mulher esparramada numa espreguiçadeira ao lado da piscina. O cabelo molhado estava solto e caía até os ombros, os cílios longos e escuros contrastavam com a palidez da pele. A noite trazia uma brisa fresca que produzia um pequeno movimento na água da superfície da piscina. Ela bebia uma Stella Artois no gargalo.

Ele se sentou numa poltrona de jardim perto da espreguiçadeira.

— Conversou com o Carlos?

— Ele foi bem compreensivo, já passou por isso. Descobriu alguns detalhes interessantes sobre a situação do Jamal.

— Detalhes que interessam para o nosso caso?

— Não tenho certeza, mas talvez o Joaquim possa investigar um pouco mais. Chegar mais perto. Meu atentado pode ser obra do próprio Jamal ou da atual mulher dele, uma moça conhecida como "Chefinha".

— Vou falar com o Joa.

— Ele tem muitos contatos — disse Patrícia. — Acho que pode conseguir informações dos bastidores. E certamente existem por aí outros inquéritos em andamento. Ele pode encontrar alguma coisa.

— Vou cobrar mais eficiência dele. Não podemos esperar que o próximo atentado aconteça para fazer alguma coisa.

Patrícia concordou.

— O que mais vocês conversaram? Você pediu licença?

— Vou pedir remoção — ela respondeu, contrariada.

— Por quê? Nós já falamos sobre isso. O melhor é passarmos um tempo na Europa.

— Meu tempo é de três semanas, aqui ou em qualquer lugar. Depois disso, volto a trabalhar. Só não volto para a divisão de crimes, por enquanto.

Ele se levantou e saiu sem dizer nada, com ares de lobo contrariado, deixando Patrícia com uma sensação de abandono, sentindo que a vida estava tentando dizer a ela que estamos todos sós.

Ela recostou a cabeça na espreguiçadeira e imaginou sua vida como um teatro de fantoches. Ricardo sempre na direção do espetáculo; ela, uma boneca solitária e desengonçada que precisava assumir o comando da própria história.

CAPÍTULO CINCO
INÍCIO

A impressora antiga fazia barulho. Na bandeja, repousava uma folha de papel reciclado, a tinta ainda úmida.

Patrícia colocou a carta endereçada a Carlos Fontana junto com vários documentos e o pedido de transferência num envelope pardo. Estava decidida e preparada para um novo começo. Depois de vários dias de desânimo e questionamentos sobre suas escolhas de vida, sentia que uma pequena dose de energia voltava ao corpo. Aquele envelope carregava o símbolo do fim de uma etapa. Anos de horas intermináveis dedicadas aos estudos, meses extenuantes que antecederam o concurso para promotor público.

Os três dias de prova tinham sido apenas o começo. Patrícia lembrou das noites de insônia e do coração apertado pela espera do resultado. A carreira no Ministério Público era mais que um caminho, era uma necessidade. Mais que garantir sua sobrevivência financeira, a carreira era seu passaporte para longe de uma vida sem sentido. Para longe de uma família sem sentido. Mãe distante e deprimida. Irmã distante e revoltada. Para a adolescente Patrícia, a volta para casa depois da aula era o momento de encarar sua família disfuncional e planejar outra realidade para sua vida adulta.

Aos vinte e três anos, foi aprovada e designada para Arapoti, onde havia uma vaga disponível. Os primeiros anos foram difíceis. Era jovem, bonita e inexperiente, e exercia o cargo de promotora substituta numa cidade pequena, dominada pelo machismo e por políticos da velha guarda. Mergulhou de cabeça no trabalho, como se a humanidade dependesse da perfeição de seus processos. Ela precisava acreditar que o sucesso profissional daria sentido à sua vida. Nessa época, aprendeu a tomar chimarrão e a consumir várias xícaras do café fraco e açucarado, servido numa garrafa térmica grande e manchada.

Dois anos depois, chegou a esperada promoção para Andirá, cidade mergulhada na terra vermelha do norte do Paraná. Dias e noites de trabalho, obrigações demais como substituta numa comarca com enorme carência de funcionários. Passou meses vivendo no único hotel da cidade, em frente à Praça. Os elevadores malconservados foram responsáveis pelos poucos atrasos da promotora substituta. Numa manhã quente, Patrícia passou quarenta e cinco minutos presa no elevador na companhia desagradável de um representante de fertilizantes que exalava o cheiro de alho do jantar do dia anterior. Aos domingos, a cantoria dos religiosos concentrados num templo ao lado do hotel acordava os hóspedes muito antes do horário desejado, mas ela não sentia falta de casa. Seu projeto de vida não admitia lamentações, e suas convicções não admitiam distrações.

Enquanto isso, Foz do Iguaçu pulsava com a chegada de turistas ansiosos pela visita às famosas Cataratas do Iguaçu. Alguns corriam em busca das ofertas de Cidade do Leste, na fronteira com o Paraguai, ou invadiam os cassinos da Argentina e do Paraguai, esperançosos em ganhar uma bolada. Ainda não existia ali o parque das Cataratas, nem o Macuco Safari, o barquinho borrachudo que carrega os turistas mais corajosos pelas corredeiras até um ponto onde se pode sentir a proximidade da poderosa muralha de água e ouvir o barulho estonteante da cascata rugindo.

Quando foi transferida para Foz do Iguaçu, Patrícia alcançou um novo patamar na promotoria. Em um ano de trabalho, conseguiu a média invejável de três mil processos por mês. Chegava ao Fórum às sete e meia da manhã e raramente saía antes das sete da noite. Ela trabalhava demais, frequentava a academia do hotel à noite e não sentia falta de mais nada.

No inverno pouco rigoroso do norte do Paraná, o promotor titular tirou férias. Patrícia assumiu o Tribunal do Júri e naquele mesmo inverno foi ameaçada pelo traficante Jamal. Ela ainda conseguia visualizar a expressão do homem enquanto o juiz lia a sentença e aplicava a pena máxima pedida pela promotoria. A promotora se sentiu vitoriosa. Suas formas perfeitas se ajustavam com precisão milimétrica no conjunto azul-escuro, e o cabelo preso tentava disfarçar a juventude que se revelava em todas as superfícies da pele clara. Ela comemorou em silêncio e saboreou o momento de triunfo.

Ainda sentindo a vibração pela vitória, Patrícia ligou a esteira ergométrica na pequena academia do hotel. O som da TV foi abafado pelos seus fones de ouvido e os primeiros acordes de "Modern Love" acompanharam a velocidade da esteira. Quarenta minutos de corrida na sala vazia fizeram o suor escorrer pelo rosto. A brisa soprada pelos ventiladores apenas movia o ar quente de um canto para o outro. Uma voz distante trouxe o seu pensamento de volta. Ela não conseguia ouvir as palavras do homem e tirou os fones.

— Desculpe. Assustei você? Não estou conseguindo ligar a esteira… — Ele tinha a cabeleira grisalha num rosto ainda jovem.

— Ninguém consegue até aprender o truque… tem um botão escondido bem do lado do cabo da energia, ali embaixo.

— Obrigado.

Ela já tinha colocado os fones no ouvido quando percebeu que ele dizia mais alguma coisa.

— Você está passando férias?

— Não. Eu trabalho aqui em Foz.

— Eu vim por pouco tempo. Vou dar uma palestra amanhã. Direito privado.

— Você é advogado?

— Sou juiz.

Sem vontade de falar sobre palestras, ela apenas sorriu e recolocou os fones. Vinte minutos depois, diminuiu a velocidade da corrida até a parada total.

— Boa sorte na palestra. Boa noite! — Ela enxugou o suor da testa com uma pequena toalha branca e saiu.

A água morna escorria como uma gota única e contínua no meio do chuveiro, com mais da metade dos furos entupidos. Patrícia não conseguiu ignorar o toque do telefone ao lado da cama e caminhou descalça até a mesinha, molhando o carpete no caminho. Uma voz fina se apresentou como assistente do juiz titular: "Como o juiz Camargo ainda está de férias, pede que a senhora o represente num evento da Universidade Federal do Paraná. Uma palestra do juiz federal Ricardo Cunha, no Hotel Bella Italia."

* * *

A cabeleira grisalha parecia ainda mais brilhante sob a luz branca da sala de eventos. O juiz caminhou até o palco como se tivesse o mundo a seus pés. Vestia um terno impecável e sorria pouco. Patrícia já tinha lido sobre ele. Aos vinte e cinco anos, recebera o título de mais jovem juiz federal do país. Desde o início, sua carreira fora marcada por decisões polêmicas. Suas sentenças jamais se baseavam na opinião pública. Casos de grande repercussão levaram o nome do juiz aos mais divergentes meios de comunicação, e ele parecia gostar dos holofotes. Aceitava convites para palestras e jantares nos quatro cantos do estado.

Logo nos minutos iniciais da palestra, ele mostrou que possuía uma inteligência aguçada, capaz de conquistar a admiração dos ouvintes e desafiar a apatia de acadêmicos. Doutorado em direito privado pela Universidade de Paris, o palestrante exibia seu vasto conhecimento em frases precisas, destacadas com gestos firmes. Ao final de duas horas, as palmas ecoaram pelas paredes cobertas de madeira amarelada. Patrícia estava surpresa. O tédio previsto para aquela manhã quente se transformara em uma experiência estimulante.

Mais de dez anos depois, Patrícia lembrava da deliciosa sensação das engrenagens do seu raciocínio em ebulição naquela manhã em Foz do Iguaçu. Ela tentava, mas não conseguia mais enxergar nitidamente a inteligência que, naquele tempo, transbordava nas palavras de Ricardo. A mente brilhante cedera espaço para o cinismo e a descrença, e Patrícia se sentia cada vez mais distante do homem que vira pela primeira vez na academia do hotel em Foz do Iguaçu, tentando fazer funcionar uma esteira obsoleta.

Ela tentou seguir uma rotina que afastasse as lembranças e dúvidas acumuladas. Abriu a gaveta de etiquetas. Encontrou a revista *Visão Curitiba* da última semana, escondida embaixo de alguns jornais. Na foto que acompanhava o editorial, os olhos claros do homem moreno chamaram a atenção. Segundo a legenda, André Jardim era o novo editor da sucursal da revista no Paraná. Transferido da matriz de São Paulo, era um jornalista experiente e prometia se dedicar aos assuntos locais com o mesmo afinco que tinha dedicado à revista *Visão* durante nove anos, cinco deles como editor-chefe.

Numa matéria de três páginas, o editor apontava oito funcionários-fantasma na Assembleia Legislativa do Paraná. Em troca do salário fácil, os funcionários emprestavam seus nomes para a abertura de contas bancárias que serviam de destino para alguns milhões de dinheiro público desviado para bolsos privados.

Patrícia sorriu. O novo editor tinha coragem. Estava se metendo numa casa de marimbondo.

CAPÍTULO SEIS
NA SEDE DO BANESTADO

Uma placa dizia Ministério Público do Paraná. O vigia conversava com um rapaz a alguns metros dali. Patrícia entrou e estacionou seu carro numa vaga reservada para ela. Uma ironia do destino levou a Promotoria de Justiça Criminal, no Centro Judiciário do Santa Cândida, a funcionar na antiga sede do Banestado, banco estadual do Paraná, privatizado e envolvido em um dos maiores escândalos da República. Mais uma vez, sobrava para os pagadores de impostos a herança maldita de um assalto aos cofres públicos. Na época, uma ruidosa CPI mista foi instaurada. Bilhões de dólares foram parar em paraísos fiscais por meio de contas CC5 — circular do Banco Central, que permitia a abertura de contas especiais mantidas por brasileiros que viviam no exterior. A CPI foi encerrada sem a aprovação dos relatórios finais no Congresso. Uma pizza gigante enfiada sem cerimônia na goela dos brasileiros. Uma conta que o estado do Paraná pagará em três parcelas, até o ano de 2025.

O prédio enorme, repleto de paredes divisórias, era parte da herança recebida pelo Estado. Patrícia desconfiava que muitos funcionários que trabalhavam ali não conheciam a história que provocou a quebra do sigilo bancário de todas as contas CC5 no país, num total de cento e vinte e quatro bilhões de dólares. Ela sentia uma pontada de tristeza enquanto caminhava pelo labirinto coberto por um carpete manchado, com tomadas afundadas no chão, onde estariam as mesas de trabalho dos funcionários do banco em outro tempo. Em poucos dias, deixaria processos e sonhos abandonados naqueles corredores.

A sala de audiências número 21 era grande. Havia vinte e cinco pessoas sentadas nas cadeiras comuns, forradas com estofamento que imitava um couro brilhante. Sobre um móvel de madeira amarelada, se amontoavam pastas cheias de papel e três monitores. Não havia glamour, apenas pessoas comuns sentadas em cadeiras comuns. Eram estudantes de direito, testemunhas e réus. Patrícia escolheu uma cadeira na terceira fila.

— Onde você estuda? Eu faço PUC. Terceiro ano — um ilustre desconhecido se dirigiu a ela.

Patrícia olhou para os tênis sujos no pé do estudante e tentou imaginar um futuro juiz ou promotor.

— Sou promotora.

— Hmm… Eu também vou fazer concurso. Mas eu queria começar a ganhar dinheiro logo. Vou precisar de dois anos de experiência.

— Eu fui da última turma a entrar sem os dois anos de trabalho anterior.

— Que sorte!

— Não sei, eu sofri bastante quando entrei. Acho que um pouco de experiência não faz mal a ninguém.

— Tem alguma dica para o concurso?

— Estude.

Desapontado, o estudante voltou a se concentrar nas suas anotações.

Um rapaz com camisa e calça jeans fez uma chamada oral para se certificar de que os réus e testemunhas estavam presentes. Patrícia queria ver sua substituta em ação.

Dez minutos depois, o juiz apareceu. A única pessoa na sala a usar terno e gravata. A promotora substituta usava colete alaranjado, a boca pintada com um batom vermelho forte e o cabelo loiro solto mais parecia a juba de um leão. Ela explicou aos réus que não havia denúncia contra eles. Por serem réus primários, teriam uma anotação em seus registros e nos próximos cinco anos não poderiam usufruir deste benefício legal.

Patrícia caminhou lentamente e sentiu uma corrente de ar quente percorrer o corredor. No prédio que um dia abrigou o Banestado, o calor era avassalador no verão. No inverno, o ar gelado percorria as salas de audiência e os corredores pelos vãos sobre as paredes divisórias, que não chegavam a alcançar o teto.

Sua sala escondida no andar térreo tinha uma cobiçada janela que deixava entrar a luz do dia, enquanto os outros ambientes do prédio eram envoltos numa espécie de iluminação fantasmagórica. Uma esquadria de alumínio e janelas de vidro delimitavam um espaço vazio do térreo até o último andar, à espera de luz e plantas, mas uma cobertura de alumínio impedia a passagem de luz e o interior da estrutura permanecia desprovido de vida.

No final do dia, ela tinha revisado e enviado processos que deveriam seguir seu curso mesmo quando aquela sala deixasse de ser sua. Logo começaram a chegar as pessoas que haviam dividido o tempo com ela nos últimos anos. Traziam bolo, cachorro-quente e brigadeiros. Refrigerantes de cores e tamanhos variados encheram o balcão ao lado da mesa. Carlos Fontana foi o último a chegar. Para surpresa geral, entrou trazendo um enorme bolo de brigadeiro, já cortado em fatias grossas, que exalavam um cheiro delicioso de cozinha de fazenda.

Ele sorriu para ela e serviu o primeiro pedaço num prato de plástico que lhe foi entregue com pompa.

Ao deixar o prédio, Patrícia notou que os dois cachorros que fizeram daquela soleira da porta sua residência já estavam deitados no tapete, preparados para a noite. Ela costumava trazer ração para alimentar os vira-latas, que atendiam por inúmeros nomes. Ela os chamava de Hendrix e Dylan. Fez uma anotação mental para mandar vários sacos de ração e alguns brinquedos no dia seguinte.

Naquele momento, precisava ter certeza de que sua saída não causaria um grande desvio de curso, nem mesmo na vida de Hendrix e Dylan.

CAPÍTULO SETE
A TESTEMUNHA

— Como foi o voo? — o jornalista André Jardim perguntou com a voz animada.

— Sacudiu. Você veio morar na capital do mau tempo — a mulher respondeu sem sorrir.

— São Paulo também não fica muito atrás. Prefiro as nuvens de chuva do que nuvens de poluição. Gostei daqui.

— Bom saber. Quando eu tiver que fugir, venho para Curitiba — disse ela.

O restaurante, no centro da cidade, estava vazio àquela hora. O bufê havia sido retirado e apenas um garçom permanecia atrás do balcão.

André escolheu uma mesa nos fundos do salão, de onde podia ver qualquer um que entrasse. Uma porta de vidro separava o espaço do restaurante da calçada da praça Santos Andrade. Durante o dia, as calçadas de pedras portuguesas se enchiam de trabalhadores e estudantes de direito que frequentavam a Universidade Federal do Paraná. Nas madrugadas frias, mendigos e fumadores de crack procuravam abrigo nas soleiras de granito do prédio em que estavam, onde também funcionava um cinema mantido pela prefeitura.

— Quero um brownie com sorvete e um expresso, por favor — André pediu.

A mulher sentada à sua frente hesitou antes de acrescentar:

— Para mim também, mas quero um cappuccino em vez de um expresso.

— Você não vai se arrepender, essa sobremesa vale cada caloria — ele falou, depois de devolver o cardápio para o garçom.

— A essa altura, acho que uns quilos a mais é o menor dos meus problemas.

— Ruim assim? — Ele segurou a mão dela num gesto de apoio.

— Pior que péssimo. Ontem o Beto saiu do hotel e levou tudo. Papelada, computadores, pen drives, tudo. Até os meus documentos pessoais, e-mails, fotos. Não sei o que vai acontecer.

— Calma. Você é apenas uma funcionária. Ele sabe que estão atrás dele, e devem estar chegando perto.

— Dou graças a Deus que minha mãe está morta. Ela não teria chance.

Franciele tentava disfarçar, mas André sabia que estava apavorada. Durante muito tempo, sua mãe tinha sido a amante prestativa do doleiro Roberto Assad. Desde criança, via o doleiro entrar e sair de sua casa em Londrina. O homem, ruivo e narigudo, nunca prestou muita atenção na filha da sua "namorada favorita", mas costumava trazer presentes para ela e para a mãe alguns dias depois do Natal. Mais tarde, descobriu que ele fazia mais do que trazer presentes. Pagava o aluguel e todas as despesas da casa. Em troca, sua mãe abria contas em vários bancos, assinava cheques, depósitos e qualquer outra coisa que seu namorado pedisse. Franciele nunca questionou aquela atitude. No fundo, achava que sua mãe viveu e morreu com a crença de que um dia seria a esposa honrada daquele homem pouco elegante que aparecia sem avisar e saía sem se despedir.

— Você não é titular das contas e nem assinou os contratos. Sua mãe não pode mais responder por esses crimes. E você não pode ser acusada pelos crimes dela.

— Eu trabalho no hotel dele, sei como tudo acontece. Você acha que vão me deixar em paz? A MD Consultoria estava registrada na junta comercial em nome da minha mãe. MD de Maria Dolores, e ela ainda achou que era uma linda homenagem. — Franciele sacudiu a cabeça, resignada. — Só essa empresa movimentou mais de noventa milhões de reais.

— Conversei com o advogado que nos atende. Ele vai ajudar você. Além do mais, sua ligação com o Beto Assad é profissional, você foi funcionária de um hotel que pertence a ele.

— Você está dizendo que vou ter tratamento de informante? — Ela olhou para o garçom, que chegava com os pratos.

Começou a comer em silêncio, esperando pela resposta.

— Você vai contar tudo mais cedo ou mais tarde. Pelo menos pode virar a "Garganta Profunda" de um Watergate tupiniquim — disse ele.

Ela não sorriu.

— Além de ceder o advogado da revista, eu ajudo você a conseguir um emprego. Conheço muita gente.

— O que mais você oferece?

— Depende. O que você quer? Sou editor de uma sucursal, não posso fazer muita coisa.

Ela apertou a mão dele.

— Já falamos sobre isso… — Ele largou a colher e fixou o olhar nela.

— Preciso de um mês num hotel aqui em Curitiba, até eu conseguir alugar um apartamento.

— Tudo bem. Posso pagar as suas passagens aéreas também. — Ele deu um meio sorriso.

— Se você, que é rico e é editor da revista *Visão*, teve que sair de São Paulo porque a pressão estava grande demais, imagine o que vai acontecer comigo…

— Estou sendo processado, mas continuo trabalhando.

— Qual foi a matéria que te deixou tão famoso a ponto de ganhar um processo e uma passagem só de ida pra Curitiba?

— A história do banqueiro, o maior criador de cavalos quarto de milha do Brasil, amigo do ministro do Supremo.

— Você sabia que corria esse risco quando acusou gente com esse poder e você nem precisa trabalhar para viver… — Ela não conseguiu esconder o tremor nos lábios.

— Eu entendo você. Se não quiser falar, eu vou respeitar.

— Ninguém pode me ajudar. Eu sempre soube o que acontecia ali e nunca saí. Aceitei trabalhar pra ele. — Ela fez uma longa pausa e continuou: — Vou contar o que sei, mas você não pode citar meu nome.

— Claro.

— Podemos ir até a sede da revista, se você quiser.

— Se não se importar, tenho uma reserva no hotel Mabu, bem aqui ao lado. Assim, posso gravar você. Acho mais seguro do que te levar até a revista.

***

Encostada na janela do quarto do hotel, com vista para o Teatro Guaíra, Franciele começou a falar:

— Você sabia que o Teatro Guaíra pegou fogo um pouco antes da inauguração, em 1970? Tiveram que reconstruir tudo.

Sentado na beira da cama, André levantou a cabeça.

— Não, não sabia.

— Eu queria ser bailarina e não parava de falar nisso. Minha mãe me trouxe pra Curitiba quando eu tinha onze anos para assistir à apresentação do Corpo de Baile do Guaíra. Se eu tivesse estudado balé, talvez não estivesse nessa situação.

— Talvez. — André pensou em oferecer um gesto de carinho, mas não se moveu. — Você participou das operações financeiras da MD Consultoria?

— Claro que sim, mas era minha mãe quem assinava tudo. As empresas que fechavam contrato estavam pagando para entrar ou para continuar em algum negócio. Eu mesma mandei os contratos para nove fornecedores da Petrobrás. Sei todos os nomes das empresas. Juntas, pagaram mais de trinta milhões de dólares para a MD. Quando comecei a desconfiar que esse esquema não ia durar, fiz cópia de uns extratos das três contas que ela movimentava. Minha mãe deixou esses papéis em casa antes de entregar para o Beto.

— Você tem esses extratos?

— Tenho as cópias aqui comigo. Vou deixar tudo com você.

— Para onde ele mandava o dinheiro?

— Ele não é burro. Essas operações não passavam por mim. Ele tem vários escritórios. Eu cuidava do hotel e ajudava com os contratos. Ele confiava em mim, mas nem tanto.

Franciele tirou os sapatos de salto alto, massageou os pés e caminhou pelo quarto.

— Sabe por que nós viemos pra Curitiba na época que eu quis ser bailarina? Ele ficou preso e minha mãe teve que sair de cena. Ela estava sempre assustada, imaginando que alguém queria nos matar. Lembro que nós mudamos de casa umas dez vezes.

— Talvez ela estivesse certa. Eu conheço essa história. Assad entregou os principais doleiros do caso Banestado e ganhou delação premiada. Essa gente não deve ter ficado contente — disse André.

— Não mesmo, mas minha mãe nunca quis falar sobre isso. Era um assunto proibido em casa. Um tempo que tinha que ser esquecido. Mais tarde, soube que ela era uma das correntistas do Banestado e do Banco Rural, por onde saíam os dólares.

Por volta das nove da noite, pediram sanduíches, suco de laranja e café.

— Quem são os contatos dele no governo? — perguntou André.

— Quando estava em Londrina, o deputado Jasseri sempre almoçava com ele no hotel. Morreu moço. Nos últimos tempos, o deputado Darcy Vargas também tem aparecido bastante no hotel. Eles estavam mexendo com um negócio novo, um laboratório.

— Laboratório de quê?

— Não sei. Só sei que fica em Indaiatuba. Vi um contrato em nome de Esdra Ferreira. O laboratório está em nome dele e fatura uma grana preta. Bem mais que a MD Consultoria.

— Me passe o nome das empresas fornecedoras da Petrobrás.

Ela entregou um caderno universitário de capa dura, com um grande e gordo gato Garfield estampado.

— Alguém da Petrobrás aparecia no hotel?

— Não. Mas ele tinha um celular pré-pago só pra falar com o diretor Paulo Roberto. Eu sei disso porque eles andam brigando. Eu escuto o falatório da minha sala, e a voz do Beto fica muito alterada quando fala com ele. Quem indica as empresas que vão fechar contrato é o Paulo Roberto, e a comissão dele é bem alta. Eles usam a MD pra receber esses pagamentos e depois repassar para o pessoal dele.

— Quem é o pessoal dele que recebe o repasse? — André serviu café para os dois.

— Deputados e ministros, além dos funcionários, claro. Os nomes estão numa lista do caderno.

— De quanto dinheiro estamos falando?

— Uma dessas contas recebeu mais de sete milhões. E são muitas. Tinha gente recebendo malotes em casa e outros recebiam nas contas das mulheres e dos filhos. Nos extratos que eu copiei, tem um depósito de cem mil reais para a filha de um deputado e um de trezentos mil para a mulher de outro.

A sirene de uma ambulância assustou Franciele.

— Estou com medo.

— Você acha que ele seria capaz de fazer alguma coisa contra você?

— *Ele,* não. Do jeito dele, considerava minha mãe da família. Mas e os outros? Tem muita gente apavorada que sabe que minha mãe estava no centro das operações.

O som da sirene se afastou e ela perguntou:

— O que você vai fazer?

— Vou falar com o delegado da PF encarregado da investigação. Tenho um bom contato, um cara sério que talvez possa ajudar você. Preciso ter certeza de que não vou levantar a lebre por enquanto. Depois disso, vou jogar tudo no ventilador.

Passava da meia-noite quando André Jardim entrou no carro no estacionamento do hotel.

CAPÍTULO OITO
IMPRENSA

REVISTA VISÃO CURITIBA

Roberto Assad tinha nove anos quando começou a trabalhar. O menino ruivo vendia pastéis no aeroporto de Londrina, cidade onde foi criado.

Aos dezessete, já havia aprendido a pilotar monomotores e ingressou no ramo em que o pai e uma irmã já atuavam: o contrabando de produtos eletrônicos do Paraguai. Foi por meio de outra irmã, dona de uma casa de câmbio do lado paraguaio, que ele aprendeu o ofício de doleiro. Aos quarenta e sete anos, Assad tem uma ficha criminal que conta com sete prisões. Cinco da época em que era contrabandista; duas no início dos anos 2000, por atuar como doleiro no caso Banestado, o maior escândalo sobre remessas ilegais investigado no Brasil — as movimentações chegaram a 30 bilhões de dólares.

Quando foi preso no início dos anos 2000, sob a acusação de usar uma agência do Banestado para fazer remessas ilegais ao exterior, duas de suas contas haviam movimentado 832 milhões de dólares em apenas dois anos.

Assad deixou a prisão em 2004, ganhando sua liberdade em troca de delação premiada. Confessou que era o doleiro dos doleiros ("98% da minha clientela era de doleiros"), ou seja, era uma espécie de Banco Central que cuidava das compensações dos seus pares. Entregou, além dos maiores doleiros do país, instituições que viriam a se tornar famosas, como o Banco Rural.

Velho conhecido da polícia, o doleiro Roberto Assad não cumpriu a promessa feita em 2004. Voltou à ativa e assumiu um papel importante em um consórcio criminoso montado para fraudar contratos, enriquecer seus membros e financiar políticos e partidos.

Criou empresas de fachada que nada produziam, mas faturavam alto. Recebia comissões dessas tais empresas e repassava para partidos e políticos. Um dos negócios, a MD Consultoria, registrada na junta comercial em nome de Maria Dolores Fernandes, faturou mais de 90 milhões de reais em apenas dois anos. Por uma milagrosa coincidência, todos os contratantes da empresa de consultoria prestaram ou prestam algum tipo de serviço ao governo federal.

A Petrobrás, com seus contratos bilionários, virou uma fábrica de dinheiro. Empresas interessadas em vender produtos ou prestar serviços para a estatal precisavam pagar uma taxa e repassar parte do valor dos contratos para um caixa que era dividido entre intermediários do negócio, diretores da estatal e políticos. A MD Consultoria funcionava como um centro financeiro que recebia a taxa e distribuía os recursos, muitas vezes em dinheiro vivo, entregue como pizza em domicílio. Extratos bancários comprovam depósitos feitos em nome de deputados e funcionários da Petrobrás.

Na sala do estúdio alugado no Batel, André Jardim olhava para a tela do laptop, concentrado, quando o celular tocou. Ele podia prever a conversa que estava por vir, palavra por palavra.

— Você já levou chumbo grosso, André — disse a diretora de redação, uma mulher de poucas palavras que adorava a posição que alcançou após vinte e dois anos de carreira.

— A história é muito boa. Não podemos deixar passar. — André levantou e caminhou até a janela da sala.

— Essa sua fonte é quente? Parece um pouco desequilibrada na gravação.

Ele podia ouvir o barulho incessante do trânsito na cidade de São Paulo se misturando às palavras dela.

— Estava muito assustada. Só isso.

— Como você chegou até ela? — a diretora insistiu.

— Conheci na exposição de Londrina.

— Sei… na época que você andou se fazendo de detetive de rebanho, procurando os bois e os cavalos do banqueiro.

— Procurando os cavalos premiados do banqueiro que deu o calote nos acionistas e escondeu dinheiro em joias, quadros, cavalos e vacas. — André estava cansado de andar em círculos. Queria a autorização para publicar o texto e desligar logo o telefone para voltar ao trabalho.

— Continue.

— O que você quer saber? Ela não está mentindo. Tenho certeza — ele disse, categórico.

— Como vocês se conheceram na exposição?

— Na Casa do Criador. Mais precisamente, no happy hour, na mesa de um criador famoso. Eu estava comendo um churrasco de zebu e ela pediu uma caipirinha com pouco açúcar — ele falou em tom irônico.

— Não estou brincando. Quero saber se ela se aproximou de você.

— Eu estava mesmo comendo churrasco na mesa de um criador famoso, a convite dele. Mas eu paguei minha conta, não se preocupe. Aliás, você pagou. A mesa era grande, tinha muita gente. Ela conhecia alguém do grupo e acabou sentando perto de mim. Conversamos um pouco. Mais tarde, voltei a cruzar com ela no hotel onde trabalhava. Aliás, o imóvel do hotel pertence ao Roberto Assad.

— Drinks e cama?

— Mais ou menos isso.

— Quem seduziu quem?

— Não fui seduzido.

— E depois dessa noite de amor, o que aconteceu?

— Mais uma noite de amor. — André sorriu ao imaginar o olhar raivoso da diretora da revista.

— Vocês continuaram em contato durante quanto tempo? — ela quis saber.

— Uns três meses. Ela foi a São Paulo duas vezes, mas eu fui sincero logo de cara. Ela sabia que comigo não iria para o altar.

— Quando você retomou o contato?

— Há três semanas, quando estourou a história do Eduardo Freitas. Dizem que o Roberto Assad tinha uma forte ligação com os postos de gasolina da família do Freitas e com a corretora Gama. Foi o único que Assad não denunciou na época do escândalo do Banestado — explicou ele.

— A corretora Gama é aquela que negociava títulos do governo?

— Essa mesma. Compravam títulos dos estados e municípios a preço de banana e revendiam com lucro enorme para o Banestado. O lucro era dividido entre as *factorings* e corretoras envolvidas, com comissões habituais e pagamento das dívidas dos estados e municípios para empreiteiras. O prejuízo ficava para o Banco do Estado.

— Evidente. E agora o Eduardo Freitas está no centro dos acontecimentos por causa das mensagens que trocava com o deputado Darcy. Por azar, as mensagens apareceram no grampo telefônico autorizado na operação dos postos de gasolina.

— Nesse mercado de dinheiro clandestino, os operadores são sempre os mesmos. Não dependem dos políticos de plantão nem das siglas dos partidos. Eles têm o *know-how* e conexões poderosas. Vão e voltam — completou André.

— O que sua amiga oferece de concreto?

— Tem cópia de alguns documentos, extratos bancários e testemunhou vários encontros do Roberto Assad em Londrina.

— Você precisa se proteger. Converse antes com o delegado encarregado da operação e, mais importante, não me comprometa.

— Vou falar com o delegado e te mando o texto até amanhã de manhã. Você não precisa se preocupar. Não vou comprometer a revista, nem a diretora da revista.

— Se cuide.

André desligou antes que ela pudesse acrescentar mais alguma recomendação.

CAPÍTULO NOVE
O MARIDO

Patrícia escolheu uma *playlist* no aplicativo de música do iPad e logo o som se espalhou pelas salas da casa. As caixas acústicas pareciam cones futuristas. A alegria dos acordes deu vida ao seu espírito matinal. As conexões cerebrais energizadas espalhavam uma sensação agradável pelo corpo.

A cozinheira trouxe uma bandeja com frutas frescas.

— O senhor Ricardo já tomou café. Está tomando banho agora — informou.

— Ele não tem dormido bem ultimamente.

— Fiz tapioca.

— Dia de sorte. Mande porção dupla de queijo coalho, por favor. — Ela sorriu com olhar de cumplicidade.

O som da música se misturava ao barulho do queijo tostando na chapa e às vozes abafadas que vinham da TV da cozinha. O jornal sobre a mesa parecia intocado, meticulosamente dobrado. Ricardo jamais deixava o jornal desarrumado.

A farinha branca de tapioca desmanchava na boca.

Patrícia estava ansiosa como uma adolescente no primeiro dia de aula.

— Já estou saindo. — O juiz se aproximou, e ela sentiu o cheiro de xampu no seu cabelo ainda molhado.

— O que aconteceu? Não são nem oito horas... — perguntou Patrícia.

— Vou jogar uma partida de padel no clube e depois tenho uma reunião no Sheraton. Querem minha ajuda para a organização de um fórum.

— Eu vou dar uma corrida na esteira e depois encarar minha nova vida.

— Você vai se acostumar. — Ele se afastou rapidamente sem esperar resposta.

— Tomara que sim.

Patrícia sentiu saudade do tempo em que Ricardo a beijava na boca e acariciava seu rosto todas as manhãs antes de sair. Ela não conseguia lembrar a última vez que tinha sido beijada daquela forma. Em algum momento, os sentimentos tinham se tornado indefinidos, envolvidos por uma névoa de indiferença. Dias e noites se sucediam, mas ela enxergava sua vida em suspenso. O homem com quem havia se casado ainda existia? Poucas vezes ela o reconhecia, quando ele emergia de um oceano de insensibilidade. Ela não sabia se sentia saudade do homem com quem tinha se casado, da mulher que era ou do tempo que tinha ficado para trás. Sua carreira na promotoria, estacionada numa encruzilhada, revelava um enorme ponto de interrogação. A ideia de uma família verdadeira desaparecera e, naquela manhã, não passava de uma propaganda de margarina.

Entre uma mordida de tapioca e um gole de café forte, a promotora se sentia cada vez mais uma expectadora impotente de sua própria existência. Uma alga carregada pela correnteza, frágil e vazia.

Lucimara surgiu de trás de uma coluna e entregou a Patrícia o celular que estava tocando no andar de cima.

A voz de Carlos Fontana soava como uma melodia amigável no campo de batalha:

— Preparada?

— Acho que sim. — Ela sentiu o calor do queijo derretido que se apoderou da sua boca.

— Acha? Você vai tirar de letra. Mudanças às vezes surpreendem.

— Pode ser. — Sua voz soou distante.

— O que está acontecendo?

— Tudo de uma vez só. Ou nada de uma vez só. Depende do ponto de vista.

— Algum ET abduziu minha amiga Patrícia e deixou essa pessoa no lugar dela. Só pode ser. Nem acredito que estou ouvindo essa lamúria. Logo você? — Ele estava genuinamente indignado.

— Você tem razão. Não estou me reconhecendo. Ligo pra você mais tarde, vai morrer de inveja quando eu contar os detalhes do meu primeiro dia no Patrimônio.

— Vou esperar seu telefonema e não quero mais ouvir essa voz mole, entendeu? E fique sabendo que a "Chefinha" tem cinco processos por tráfico e dois por roubo majorado. Acho que seu Jamal vai cair por amor. — Ele riu.

Ela abriu, sem esforço, a porta de correr que dava para a varanda. Debruçada sobre o guarda-corpo de vidro esverdeado, viu um avião passar, deixando um rastro cinzento em linha reta. Pensou nas famílias que viviam nas casas separadas por muretas e cercas vivas, tão próximas umas das outras e completamente isoladas. Seus vizinhos de condomínio nem imaginavam que a vida da promotora pública da casa 12 atravessava um período de tantas turbulências. Um gato preto caminhava lentamente sobre o muro, provocando o cachorro do vizinho. Gypsy foi até a varanda e olhou para ele, enquanto o gato sibilava e, com o corpo roliço, ela se ajeitou no chão, ao lado dos pés de Patrícia.

Os xales brancos, pendurados nas laterais da porta de vidro, flutuavam ao vento. Ela reparou que Ricardo tinha deixado o copo de uísque da noite anterior sobre a mesa redonda. Nos últimos tempos, eram frequentes os copos esquecidos na madrugada. Embaixo do copo, um jornal dobrado chamou a atenção. A edição era de quatro dias atrás, e a foto manchada pela umidade do copo era de Eduardo Freitas, o doleiro que aparecia nas conversas telefônicas com o deputado Darcy Vargas.

Mais uma vez, Patrícia olhou para a foto do doleiro. Tinha certeza de que aquele rosto era familiar, mas o nome não fazia parte de nenhum de seus processos.

Ela fez cafuné na cabeça de Gypsy, pegou o copo sujo, o jornal velho e foi até a cozinha. Vinte minutos depois, estava correndo na esteira ergométrica, pensando que gostaria de estar no Parque Barigui ou num outro parque qualquer.

CAPÍTULO DEZ
RECOMEÇO

Patrícia entrou na rua Augusto Stresser, olhou para a tela do GPS no painel e virou à direita na rua Paraguassu. O número 478 ostentava uma enorme placa colorida: "Proteção do Patrimônio Público". A placa destoava do clima bucólico da rua, ladeada por chorões. Os galhos pendentes encostavam no teto dos carros estacionados dos dois lados da rua. As folhas agitadas provocavam um ruído agradável. Ela precisou fazer várias manobras para estacionar a caminhonete Land Rover numa vaga apertada.

O prédio antigo não disfarçava sua vocação residencial, pintado de verde com faixas decorativas em ladrilho hidráulico. Uma grade branca separava o prédio da calçada irregular.

Ela ajeitou o cabelo e saiu do carro. Usava pouca maquiagem por trás dos antigos óculos Ray-Ban modelo aviador e vestia uma saia justa escura e camisa branca de linho com as mangas dobradas. Caminhou devagar até a entrada do prédio. Ao lado do portão aberto, um senhor sentado numa banqueta olhou para ela sem dizer nada. Patrícia se identificou e ele apenas acenou, mostrando a porta de entrada. Ela subiu a escada até o primeiro andar. O antigo prédio residencial havia sido transformado em escritórios mal dimensionados, como uma colcha de retalhos. Não havia recepcionista, somente portas abertas e pessoas trabalhando. Uma moça levantou a cabeça e perguntou:

— Posso ajudar?

— Eu procuro o doutor Paulo Antônio. Sou a promotora Patrícia Santos.

— Só um instante. — Ela fez um sinal e ligou para a sala do primeiro promotor, anunciando a chegada de Patrícia enquanto rabiscava uma folha de papel. — Pode entrar, é na última porta do corredor.

Patrícia bateu levemente e entrou. O homem estava em pé junto à janela e era mais moço do que ela imaginava, apesar da careca mal disfarçada.

— Você deve ser a promotora amiga do juiz Fontana. Seja bem-vinda. — Ele mostrou a cadeira em frente à mesa e se sentou do lado oposto.

— Sim, trabalhamos juntos. Fui forçada a pedir remoção, como o juiz já deve ter explicado.

— Ele me contou. Essas situações não são tão incomuns como deveriam, e você fez bem em pedir remoção. Não precisamos de mártires, o que falta é mais gente competente nas promotorias. Vocês têm um trabalho bem agitado por lá, mas acho que vai gostar da nossa equipe.

— Tenho certeza disso.

— Vou apresentar você aos outros promotores e assistentes hoje mesmo. Quando você pode começar? Estamos com a corda no pescoço — ele afirmou, passando a mão pela careca. Sua aparência deixava clara uma tensão evidente, talvez pelo excesso de trabalho, ou talvez pela dificuldade de realizar o trabalho tendo que seguir um código criminal frouxo.

— Posso começar imediatamente.

— Essa é uma ótima notícia! — Ele suspirou, aliviado, e mostrou o caminho.

No mesmo andar, uma sala apertada estava lotada de pastas que se espalhavam pelas duas estantes de madeira escura e se amontoavam nas três cadeiras num canto. Duas mesas abrigavam um computador, papéis e mais pastas. Duas mulheres se levantaram para cumprimentar Patrícia. Uma delas era a segunda promotora titular e a outra era assistente. Na sala ao lado, trabalhavam um homem e uma mulher. Patrícia tentou memorizar o nome de todos antes de subir mais um lance de escadas.

— Se você não se importar de subir escadas, temos espaço nesta sala. — Paulo Antônio abriu a porta sem bater.

Patrícia fixou o olhar na enorme cabeleira ruiva que emoldurava um rosto bochechudo e sorridente, que parecia compor uma personagem de outra época esquecida num cenário atual. A pele clara contrastava com a cor rubi dos cabelos cacheados. Uma linda sereia lutadora de sumô.

A sala era mais espaçosa que as demais. Uma das mesas servia de apoio para pastas, a outra continha um copo de água, papéis e um porta-lápis.

— Ana Claudia, Patrícia. Patrícia, Ana Claudia. — O promotor fez um gesto exagerado com a mão. — Patrícia está preenchendo a vaga de promotora designada que nos deixou há seis meses.

Ana Claudia abriu um sorriso tão grande quanto sua cabeleira. Tudo nela era grandioso. Quando falou, as janelas pareceram tremer com o timbre do vozeirão de um tenor saído da ópera de Milão.

— Fantástico! Completamente fantástico! Estamos atolados. A estagiária ainda não chegou. Coitada, não podemos reclamar. Sai da faculdade de direito e, com esse trânsito, não consegue chegar no horário. O nome dela é Karina. É dedicada e precisa trabalhar. Eu já ouvi a sua história do atentado. Um horror. Nós não podemos fazer nosso trabalho e andar pelas ruas em segurança enquanto eles nos ameaçam, quase matam. Você se safou por pouco. — As palavras saíam como projéteis de uma metralhadora, sem intervalo.

Patrícia sentiu instantaneamente que podia confiar naquela mulher de personalidade tão intensa. A estagiária entrou apressada e por pouco não foi de encontro ao promotor que saía da sala. Ana Claudia mudou o assunto tão rapidamente que Patrícia não conseguiu acompanhar a conversa.

Karina, a assistente, não tinha mais que um metro e cinquenta de altura e a blusa de manga curta mostrava uma magreza quase esquelética nos braços.

— Desculpe de novo. Semana que vem tudo isso acaba. Vou tirar minha moto e nunca mais vou chegar atrasada.

Ana Claudia sacudiu a cabeça.

— Prefiro você atrasada e viva. Já cansei de repetir.

— Sou boa motorista.

— A boa motorista se chama Karina. — Ana Claudia levantou e precisou afastar a cadeira de rodízios para poder passar. Seu corpo enorme não aparentava flacidez, apenas medidas extraordinárias de largura e altura. — Vamos limpar esta mesa pra você. Estas pastas precisam ir pra outro lugar. — Ela sacudiu a cabeleira e fez um sinal para Karina, que pulou da cadeira para atendê-la.

Em poucos minutos, a mesa estava desocupada. Com agilidade, Ana Claudia tirou do armário um monitor e um teclado que foram logo conectados ao CPU embaixo da mesa.

No final da tarde, Patrícia ainda estava atônita. Na estante, ela tinha contado cento e cinquenta processos. Ana Claudia levantou os braços e espreguiçou sem cerimônia.

— Estou saindo. Vamos descer juntas? — sugeriu.

— Vou ficar mais um pouco, quero terminar essa transcrição — respondeu Karina.

— Ainda não acabei. Estou meio perdida… — Patrícia tinha dezessete telas minimizadas no seu monitor.

— Deixe isso para amanhã. Dou uma semana para você entrar no nosso ritmo.

— Não sei se consigo…

— Eu sei. Nunca erro. — Ela pegou uma bolsa vermelha pendurada no cabideiro de madeira e esperou por Patrícia.

— Você pediu segurança? — perguntou Ana Claudia.

— Não, mas vou direto para casa. Meu carro é blindado. Não se preocupe — respondeu Patrícia.

— Vou com você até o carro.

— Estou bem. De verdade.

— Sem heroísmo. De verdade.

Patrícia concordou com a cabeça, vendo que não adiantaria insistir. No caminho até o carro, surpreendeu a si mesma contando suas suspeitas sobre Jamal e falando da vontade do marido de passar seis meses na França, como se Ana Claudia fosse uma amiga íntima surgida do passado.

Ana Claudia parou ao lado da Land Rover e esperou Patrícia dar a partida. Só então foi em direção ao seu Renault branco, estacionado a cinquenta metros dali.

Patrícia manobrou e pensou na ausência de crianças no parquinho da pracinha onde a rua sem saída desembocava. Um trepa-trepa e um escorregador com a pintura gasta permaneciam esquecidos, observados por dois homens sentados no banco de cimento, baforando a fumaça de seus cigarros. Ela deixou a mente divagar. Talvez as crianças do bairro estivessem em casa, enfurnadas em frente das telas do celular ou videogame. Como seriam seus filhos? Estariam pendurados num trepa-trepa ou grudados na tela do computador? Como teria sido sua vida se não tivesse conhecido um juiz sedutor em Foz do Iguaçu? Estaria tão sozinha em frente a um parquinho vazio?

Se o juiz tivesse sido convencido por ela a abraçar o projeto família, suas vidas teriam outro significado. O constante sentimento de abandono que ele sentia não deixava sua porção pai entorpecida, como se ele não fosse capaz de ser diferente dos seus próprios pais que escolheram amar incondicionalmente apenas um filho, seu irmão. Ela poderia ter revertido essa sentença decretada pelo marido? Tinha feito todos os esforços? Ou também estava tão mergulhada no trabalho e nos próprios traumas que deixou a correnteza levar seu sonho de família como uma onda banal?

CAPÍTULO ONZE
MEDO

Não havia nenhuma luz acesa na casa. Todas as outras casas do condomínio estavam iluminadas.

Os sensores de presença na garagem acionaram o sistema de iluminação, que acendeu as luminárias embutidas no teto e espalhou um brilho desbotado. Patrícia apertou o botão do controle preso no para-sol do carro e ouviu o barulho das engrenagens fechando a porta de alumínio da garagem. Pegou sua bolsa grande, cor de berinjela, e saiu do carro. Estava perto da porta de correr que levava à área de serviço no primeiro andar quando ouviu um som abafado. Voltou alguns passos e parou ao lado do bicicletário. Esperou e ouviu mais um barulho. Silenciosamente, caminhou até o carro e alcançou o controle remoto. Abriu a porta da garagem e saiu para o pequeno jardim em frente à casa em piloto automático.

Precisava se concentrar. Ricardo já deveria estar chegando, mas ela não podia esperar. Precisava agir. Olhou ao redor e, quase sem perceber, tinha andado quase duzentos e vinte metros. Estava parada na frente da porta da guarita de entrada do condomínio.

— A senhora quer que chame a polícia?

— Acho melhor — respondeu ela.

— Eu não posso deixar a portaria, mas meu colega entra às sete, vai chegar logo. Se a senhora esperar, eu entro na casa.

— Ligue para a polícia, por favor.

O porteiro desapareceu dentro da guarita. Dez minutos depois, reapareceu e falou com a respiração entrecortada:

— Consegui falar com eles, mas não tem viatura. Vão demorar pelo menos uma hora.

A campainha do interfone chamou a atenção deles.

— Meu colega chegou. Eu vou com a senhora, não tem problema.

Na caminhada de volta, ela reparou nos jardins dos vizinhos. Por que não cuidava mais das plantas? Seu jardim costumava ser o mais bem-cuidado do condomínio. Agora se parecia com os outros, sem personalidade. Seu pensamento vagou desgovernado até ser interrompido pela voz do porteiro:

— Vou entrar pela porta da frente. A senhora tem a chave?

Patrícia entregou um molho de chaves e mostrou uma tetra chave prateada. Dez minutos depois, o homem estava de volta.

— Tudo tranquilo. Não tem ninguém na casa. Só vi algumas coisas quebradas no chão da cozinha. Deve ter sido esse o barulho que a senhora ouviu.

Patrícia suspirou e tirou uma nota de cem reais da carteira.

— Não precisava… — o porteiro agradeceu olhando para a nota, antes mesmo de receber o dinheiro. — Eu posso entrar com a senhora só para ter certeza.

— Ótimo — ela concordou e deixou que ele a seguisse. Já estava escalando os degraus soltos de granito que penetravam o canteiro de grama na entrada da casa.

Podia ouvir sua própria respiração enquanto abria portas e espiava através das janelas. Na cozinha, ouviu um ruído grave e contínuo, e logo viu Gypsy destroçando o pouco que restava de um frango assado. Os cacos do pirex reluziam no chão da cozinha, confundindo-se com os pedaços de ovos e azeitonas da farofa espalhada por todos os lados.

— Gypsy, você ficou doida? — Patrícia empurrou a cachorra para a sala e fechou a porta. — Quer se matar comendo cacos de vidro? — A labradora lançava olhares de arrependimento para sua dona, mas não parava de triturar os ossos como um potente processador de alimentos.

Patrícia sentiu uma onda de alívio percorrer seu corpo. A casa continuava intocada, a não ser pela bagunça na cozinha. Antes de limpar a sujeira, ela pegou uma cerveja no compartimento da porta da geladeira. Mergulhada no sofá da sala, viu Ricardo entrar equilibrando várias pastas de plástico numa das mãos.

— Então? Como foi seu primeiro dia de trabalho? — Ele deixou as pastas num aparador de mármore escuro.

— Surpreendente. — Ela faz uma careta que mostrava indecisão.

— Em que sentido? Bom ou ruim?

— Bom. Podemos sair para comemorar, se você quiser.

— Jantamos no Ile de France?

— Fico pronta em meia hora. — Ela se afastou em direção à escada, e Ricardo voltou para pegar as pastas.

Ela já se preparava para entrar no chuveiro quando ouviu ganidos e latidos de Gypsy no andar de baixo e desceu correndo, enrolada numa toalha branca.

— Você está louco? — Patrícia gritou, furiosa.

— Essa cachorra é que está doida. Mais um pouco quebrava a casa inteira — Ricardo deu um chute no traseiro da cachorra, que correu para a escada.

— O que aconteceu com você? — Ela mesma se assustou com a intensidade dos gritos. — Não sei mais quem mora comigo. Um troglodita. Um idiota.

— O que aconteceu comigo? Você quer viver num chiqueiro com uma cachorra velha e louca? É isso? — ele gritou e sacudiu os braços.

— Quero. É tudo que eu quero. Muito melhor que viver com um homem arrogante, capaz de chutar uma cachorra velha.

— O que deu em você? Nunca foi tão descontrolada.

— Descontrolada? Eu? Só pode ser brincadeira... — Ela virou as costas e voltou ao segundo andar, seguida pelos passos lentos da labradora.

Duas horas depois, apenas a claridade de uma luminária de pé se destacava na escuridão do escritório. Sentada numa poltrona de couro, ela tentava, sem sucesso, se concentrar na leitura. Uma suave batida na porta fez Gypsy levantar a cabeça, desconfiada.

Ricardo usava a mesma roupa, mas tinha tirado o paletó. O colarinho da camisa lilás estava aberto, deixando a mostra indícios de flacidez na pele do pescoço.

— Você quer comer alguma coisa? Eu pedi camarão ao champanhe.

— Não estou com fome — ela respondeu e virou a página do livro aberto no colo.

— Eu fiquei nervoso. Foi só isso. Você não precisava ter feito tanta tempestade. — Ele fez um afago na cabeça da cachorra e afundou na outra poltrona de couro.

— Você acha? — Ela não esperou pela resposta e continuou: — O que eu devo fazer com um homem que não é capaz de um gesto de carinho? Que vive isolado no topo do mundo?

— O que você está dizendo?

— Estou dizendo que você deixou de ser o Ricardo. Só isso. E eu não sei se gosto dessa pessoa que vive comigo agora.

Patrícia se levantou, parou na porta e anunciou:

— Vou dormir no quarto de hóspedes.

***

Na madrugada, rajadas de vento prenunciavam uma tempestade de verão. O som dos trovões fazia portas e janelas tremerem. Cansada de tentar dormir, foi até a janela do quarto. Os galhos dos pinheiros do bosque do condomínio balançavam como garras. Uma sensação de vazio a fez pensar no convite para jantar. Nos primeiros anos de casamento, os jantares em bons restaurantes eram frequentes. Com o tempo, as conversas animadas foram interrompidas por longos minutos de silêncio constrangedor e olhares ansiosos para o garçom enquanto esperavam pelos pratos. Nos últimos meses, a vida noturna se resumia às refeições preparadas pela cozinheira e seriados na TV.

Ela foi até a cozinha e preparou um sanduíche de queijo e lombo de porco defumado. Sentada à mesa de almoço, ouviu a voz de Ricardo no sofá da sala, no escuro.

— Você não prefere jantar? Eu preparo um prato pra você. — Ele se levantou e parou ao lado dela. — Desculpe... — A voz contida do homem soava estranha.

— Essa palavra não combina com você. — Ela continuou comendo o sanduíche.

— Você entende a pressão do trabalho. Às vezes penso que não vou aguentar.

— A pressão do meu trabalho não conta? — Ela suspirou e continuou: — A vida tem que ser mais do que trabalho. Nossa vida faz algum sentido pra você?

Ele segurou a mão de Patrícia com força.

— A única coisa que faz sentido é o nosso casamento.

Ela notou o olhar de desespero na expressão do marido e não disse nada.

A água da chuva que batia no telhado era uma melodia de ritmo acelerado.

Ricardo segurou o rosto dela com uma intensidade inesperada. Confusa, Patrícia sentiu que, naquele momento, nada poderia ser mais importante que a conexão entre marido e mulher.

Na manhã seguinte, o toque insistente do celular de Ricardo interrompeu uma noite de sexo urgente, beijos arrebatados e sono entrecortado. O batuque da chuva forte tinha se transformado em suave ruído de garoa.

Uma parte dela acreditou que podia trazer o amor do passado para o presente, como uma cena de filme reeditada. O sentimento existia, mas era preciso escrever uma nova versão da sua história.

CAPÍTULO DOZE
ANDRÉ JARDIM

O cabelo castanho-escuro, ainda úmido e despenteado, fazia André Jardim parecer um jovem despreocupado, bem diferente do homem que realmente era.

O editor de trinta e sete anos com nove de carreira bem-sucedida na revista *Visão* saiu do elevador no décimo quinto andar do edifício, onde a sucursal da revista se espremia nas duas salas que acomodavam quatro funcionários responsáveis pela pauta de toda a região sul do Brasil.

Enquanto despejava várias colheres de café cheias no filtro de papel da cafeteira, André atendeu o celular.

— E aí, Cássio?

— Hoje saio mais cedo. Quer jogar?

— Posso reservar quadra? — André quis saber.

— Às seis horas, manda gelar a cerveja. Hoje você vai pagar. — O delegado deu uma gargalhada rouca.

— Vai sonhando. Quando foi a última vez que você ganhou?

— Andei treinando… — Ele riu e desligou.

***

O trânsito na rodovia era intenso, mas o estacionamento do Parque Barigui estava quase vazio. A academia de squash se escondia num espaço apertado no canto do estacionamento. Com quatro quadras e uma cantina, era o refúgio de André quando sentia que precisava expulsar pelos poros o cortisol inevitável, natural da rotina de um repórter que vivia tentando quebrar barreiras em busca de histórias que quase ninguém queria contar. Seus gestos lentos e sua expressão sorridente encobriam as inquietações de quem conhecia o peso das reportagens que produzia.

O delegado Cássio rebatia a bolinha azul contra a parede branca. A borracha fria produzia um efeito de câmera lenta na bolinha. André cumprimentou o amigo através do vidro, que funcionava como uma das paredes da quadra.

Uma hora depois, André vencia por três sets a um. Cássio, ofegante, sentou-se no chão de madeira e deu·a partida por encerrada.

— Um delegado de polícia que não aguenta mais de uma hora de squash serve pra quê? — André brincou.

— Eu dou duro, já você deve treinar escondido todo dia de manhã.

— A academia abre às seis. É só você sair da cama mais cedo.

— Não força! — suspirou Cássio.

Enquanto devoravam um sanduíche natural e tomavam uma long-neck, a conversa seguiu descontraída.

— Queria falar com você sobre um assunto… — André mudou o tom de voz e tocou numa antiga cicatriz no alto da testa. A linha irregular de cinco centímetros ficava escondida atrás das mechas da vasta cabeleira. Ele repetia esse gesto algumas vezes por dia, como se quisesse se lembrar da própria fragilidade. Da agressividade latente na raça humana. Do olhar transtornado no rosto de criança do irmão depois de acertar a cabeça de André com um pedaço de pau. Um gesto de reflexo vingativo. Dois irmãos que apostavam corrida de bicicleta numa ladeira enlameada de fazenda e deixaram que rodas e guidões se misturassem. O tombo foi inevitável. André riu, como sempre, mas o golpe do irmão deixou a cicatriz como uma marca na sua testa. Duas crianças que desejavam o amor do pai. Cada um imaginando que o outro era o mais amado.

— Parece sério. Manda. — Cássio olhou para a metade do sanduíche que restava e escolheu o local da próxima mordida.

— Conversei com uma pessoa que entregou alguns fatos sobre o doleiro Roberto Assad.

— Que tipo de pessoa? — quis saber o delegado.

— Próxima. Muito próxima.

— Você confia nela?

— Não tem motivo para inventar nada.

O delegado instintivamente olhou para o lado, desconfiado.

— O que essa pessoa quer em troca?

— Imunidade — André respondeu e lembrou da expressão de Franciele, uma mulher apavorada e sozinha.

— Tudo depende.

— Eu posso colocar vocês dois em contato.

— Tenho que falar com algumas pessoas. Eu não sou o delegado principal da investigação. Não depende só de mim. — Ele levantou as sobrancelhas.

— Eu dei minha palavra. Tem que ser você. Não confio em mais ninguém.

— Mulher?

André ficou em silêncio, em sinal de concordância. Cássio continuou:

— Essa operação é muito quente. Envolve gente grande demais. Eduardo Freitas caiu por causa do jatinho que levou um deputado para a Paraíba. A informação veio de dentro. Tem meio mundo apavorado, com medo de que alguém abra o bico. O cara tem ligações em todas as esferas. Vai ter muito juiz querendo soltar antes mesmo de prender.

— Tem mais gente na mira da PF?

— Só hoje foram dezesseis mandados executados. Não sei onde tudo isso vai dar, mas garanto que tem muito combustível pra queimar.

— Quem eram os alvos dos mandados?

— Funcionários de empreiteiras e fornecedores da Petrobrás.

— Nenhum político?

— Por enquanto, não. Encontraram algumas caixas de documentos e laptops que já estão em análise.

— Você tem que falar com ela.

— Não posso prometer. Ela está na cidade?

— Está.

— Ela conhece os riscos?

— Conhece e está assustada.

— Amanhã, às cinco horas da manhã, no estacionamento do Condor da Martim Afonso. O mercado funciona vinte e quatro horas, mas o estacionamento vai estar vazio. Vou esperar perto das lixeiras grandes de lixo reciclável.

— Ela vai estar lá.

— Não fale com ninguém. Nem com o pessoal da revista.

— Entendido.

Cássio abriu a boca para dizer alguma coisa, mas parou assim que notou a presença da garçonete, que trazia mais uma rodada de cerveja. A academia de squash estava quase vazia. Duas moças bonitas passaram por eles e sorriram. Carregavam suas raquetes em mochilas coloridas e sacudiam as mechas de cabelo molhado.

CAPÍTULO TREZE
GARGANTA PROFUNDA

O estacionamento estava vazio, a não ser pelo Honda Civic do delegado Cássio estacionado numa vaga no lado oposto da entrada. André dirigia lentamente, com os faróis acesos à meia-luz, enquanto observava as sombras por trás das colunas pouco iluminadas. Ele desligou o motor e precisou de dez segundos para que seus olhos se acostumassem à penumbra. Saiu do carro e foi até os coletores de lixo reciclável. Com a respiração acelerada, Franciele olhava pela janela e tentava desesperadamente acreditar que estava fazendo a coisa certa.

André vestia calça jeans e camiseta branca com decote "V". Seus braços acompanhavam o movimento lento das pernas.

A voz do delegado foi ouvida antes que ele pudesse identificar a figura corpulenta do homem atrás da coluna.

— Já vi que sua amiga está no carro. Você prestou atenção no caminho? Tem certeza de que ninguém seguiu vocês? — Cássio usava um casaco largo que provavelmente escondia uma pistola.

— Acho que isso é paranoia demais. Até pra você.

— Prefiro não arriscar — ele falou num tom de voz grave.

— Você quer conversar com ela agora? — André enfiou as mãos nos bolsos da calça.

— Vamos para o seu carro. — Cássio olhou para todos os lados antes de sair de trás da coluna.

Franciele segurava uma lata de refrigerante zero com as duas mãos. Ela olhou para o banco traseiro quando o delegado entrou no carro e encheu o espaço com suas pernas volumosas.

Cássio não esperou pelas apresentações costumeiras:

— Acho que podemos ir direto ao ponto. Sou delegado da Polícia Federal, mas não estou no comando das investigações dessa operação. Posso conversar com você e fazer essa ponte, mas em algum momento você vai ter que aparecer. — Ele se sentia como uma sardinha enlatada no banco do carro.

Franciele assentiu com a cabeça, num movimento quase imperceptível.

— Eu tenho saída?

— Acho que não — o delegado falou com a voz calma.

— Você ainda pode desistir e desaparecer, se quiser — André interrompeu.

— Tenho comprovantes de depósitos bancários e de saques também — Franciele continuou, depois de um longo suspiro. — Estão guardados.

— Estão num lugar seguro?

— Acho que sim.

— Antes de levar essas informações para o comando da investigação, preciso voltar ao início. Fale mais, volte no tempo.

Ela despejou o conteúdo das informações que juntou ao longo dos anos de participação em contratar serviços inexistentes, preencher notas fiscais frias, montar empresas de fachada, pagar e receber.

— Além do deputado Darcy, quem mais participava do esquema? — Cássio se mexeu no banco traseiro, tentando soltar o pé preso embaixo do banco.

— O deputado Alcântara. Recebia sempre em dinheiro. As duas filhas pegavam as malas pessoalmente. Ele era parceiro do Roberto. Tinha uma construtora no nome do genro. Usamos muito a empresa para fabricar contratos. Ele ficava furioso quando o pagamento atrasava um dia.

— Você tem cópia de algum desses contratos?

— Tenho. Eu guardei cópias de contratos e notas fiscais.

— Desde quando você faz parte da organização?

— Desde criança. Minha mãe foi uma espécie de namorada do Roberto Assad por mais de vinte anos. Ela sempre esteve no centro de tudo. Abriu contas, fez depósitos e chegou a buscar dinheiro em empresas e fazer entregas, como se fosse um delivery de comida. Na época do Banestado, nós tivemos que desaparecer. Vivemos em várias cidades diferentes.

— Sua mãe foi chamada a depor na época do escândalo do Banestado?

— Foi, mas não disse nada. Naquela época, o envolvimento dela era muito menor. Não tinham evidências contra ela e, além do mais, ela tinha um bom advogado. Cortesia do namorado.

— O seu chefe deve ter negociado a liberdade dela quando foi preso na Operação Farol da Colina. Era um dos doleiros que mandaram mais de trinta bilhões de dólares para fora do Brasil via Banestado.

— Até hoje existem processos na Justiça. Mas por que o nome Farol da Colina? — perguntou André.

— Beacon Hill era o nome de uma das contas que recebia os dólares nos Estados Unidos. Alguém fez a tradução e batizou a operação — explicou o delegado.

— Eu já disse. Eu era criança. Não sabia de nada. Só posso falar do que aconteceu nos últimos cinco anos — Franciele disse, impaciente.

— Você tem alguma outra prova do envolvimento dos deputados Alcântara e Darcy Vargas? — O delegado manteve a voz calma.

— O deputado Darcy foi ao hotel várias vezes. Lembro dele levando sua parte em mochilas ou numa sacola de couro marrom. O hotel tem câmeras de segurança nos elevadores e no lobby. Se vocês forem rápidos, talvez a empresa de monitoramento ainda tenha esses vídeos.

— E os contratos do laboratório? Você disse que existem contratos da sociedade. — André olhou para o banco de trás, ansioso para ouvir a opinião do delegado.

— Tenho cópias dos contratos, mas o Beto não aparece na sociedade — respondeu ela.

— Não é impossível que as imagens das câmeras mostrem alguma coisa. Me passe o nome da empresa de segurança. Quem eram os outros operadores que tratavam com você?

— Eu só tratava com o Roberto, mas tinham outros. Eu também passava informações e mandava cópia de contratos para o Eduardo Freitas. Um não mandava no terreno do outro, mas tinham uma espécie de parceria.

Franciele fez algumas anotações num bloco de papel e entregou ao delegado.

— Vou conversar com o superintendente. Acho que essas informações merecem uma investigação — disse ele.

— Você acha que a PF vai conseguir investigar? Lembro do Banestado e não tenho tanta fé. — André abriu o vidro da janela e deixou o ar fresco entrar.

— Naquele tempo, o delegado largou a investigação dizendo que não recebia diárias, não podia pagar pela hospedagem em Nova York. Não tinha apoio nenhum. A quantidade de dinheiro era imensa. Mais de trinta bilhões de dólares circulando. A investigação virou uma megaoperação. Ninguém se preparou para uma loucura daquelas, como foi a Farol da Colina. Eram tantas contas e tantos bancos que ninguém sabia para onde ir. Hoje tem gente mais treinada na PF. A população anda mais exigente. Até certo ponto, vamos conseguir investigar. Tem gente na Federal a fim de fazer carreira, querendo aparecer na mídia. Acho que podemos pegar muita coisa, sim. — O delegado seguiu com o olhar um segurança que saiu do elevador e deu uma volta no estacionamento. — Logo os primeiros clientes vão começar a chegar. É hora de sair daqui.

Franciele pressionou as têmporas com os dedos e fez uma careta.

— Quero sair dessa viva. Você pode fazer alguma coisa?

— Seu chefe vem se livrando faz tempo. Faça a mesma coisa: delação premiada. É sua única chance.

— E depois? — perguntou ela. O cansaço cobrava seu preço. Franciele parecia mais velha, como uma fruta esquecida na fruteira.

— Depois é loteria. Você conhece a história do Assad. Ele seria capaz de matar?

— Nunca soube de nenhum assassinato, mas acho que sim. Ele seria capaz, mas eu sou uma espécie de família.

— Quanto antes você negociar sua liberdade, melhor. — O delegado abriu a porta do carro sem esperar resposta.

— Quero fazer o acordo. — Franciele deu um gole no refrigerante e continuou segurando a latinha como se fosse um objeto sagrado.

CAPÍTULO CATORZE
A REPORTAGEM

Ana Claudia entrou na sala no segundo andar do prédio da Promotoria carregando uma bolsa de franjas, uma lata de batatas fritas numa mão e um pacote de papel pardo na outra. Ela abriu seus enormes olhos azuis e fez uma careta. Suas bochechas eram rosadas e salientes, como uma boneca de porcelana antiga.

— Queridas, queridas, vocês não imaginam quem eu acabo de ver — anunciou Ana Claudia.

— Pela sua animação, no mínimo o Brad Pitt — disse Karina.

— Brad sem rugas e sem Angelina. Cheguei junto com ele. Um repórter que veio falar com o Paulo Antônio — Ana Claudia continuou.

— Um repórter? Algum processo novo e escandaloso para atrair a atenção da mídia? — perguntou Patrícia.

— Não estou trabalhando em nada tão glamoroso — Ana Claudia respondeu enquanto abria a Pringles. A sala foi contaminada pelo cheiro de churrasco queimado liberado da lata, como um gênio da lâmpada de Aladim.

— Karina, você poderia trazer uma garrafa de café fresquinho? Quem sabe você esbarra no príncipe repórter — Patrícia falou, sorrindo.

— Café chegando… — A assistente saiu e desceu as escadas sem segurar no corrimão.

Ana Claudia abriu o pacote pardo e foi até a mesa de Patrícia. Um transatlântico navegando suavemente num pequeno lago.

— Coma. Essa panificadora faz um pão de queijo bem massudo, delicioso. Está quentinho.

Patrícia pegou o pãozinho e ficou olhando para o pacote, sentindo a textura macia da massa.

— Por favor, nem pense em comer um só, é muito pequeno.

Patrícia pegou o segundo pão.

— Adoro pão de queijo.

— Sabia que você não ia me decepcionar. Mulheres fortes que valem a pena não passam fome — Ana Claudia falou com delicadeza.

Um transatlântico pintado de rosa decorado como um quarto de bebê navegando num pequeno lago.

Patrícia sorriu com admiração.

Karina entrou na sala, ofegante, sem trazer a garrafa de café.

— Patrícia, o senhor Paulo mandou te chamar.

A promotora bateu na calça azul, limpou as migalhas da casca de polvilho do pão e saiu da sala.

A porta da sala estava aberta. Ela reparou nos olhos pequenos no rosto redondo de Paulo Antônio e no seu cabelo escuro, despenteado. Ele estava sentado de costas para a porta.

O promotor fez um sinal com a mão para que Patrícia entrasse. André se virou num movimento reflexo e fixou o olhar nela. Ela reconheceu suas feições imediatamente: os olhos claros esverdeados que contrastavam com a pele queimada de sol, formando um conjunto colorido, quase irreal.

— O senhor André é editor da revista *Visão* aqui em Curitiba — começou Paulo Antônio.

André levantou da cadeira e estendeu a mão para Patrícia. O aperto foi forte, como se os dois tentassem fazer uma demonstração de força. Ela hesitou um instante, sem saber se deveria participar da reunião, mas logo se sentou na cadeira ao lado do editor.

— Estávamos conversando sobre o caso Banestado. O senhor André está interessado em alguns desses processos.

— Estou buscando informações sobre um doleiro de Londrina, Roberto Assad. Na verdade, encontrei alguns processos dessa promotoria que ainda não foram julgados e gostaria de saber se algum deles envolve o doleiro.

— Naquela época, eu estava em Cascavel. Vim para Curitiba em 1999, pouco antes da privatização do Banco. Éramos um grupo de quatro promotores. Eu não era o primeiro na hierarquia… — começou Paulo.

— Mesmo assim, o senhor teve um papel importante naquele período e conhece os fatos — André claramente tentava convencer o promotor a falar.

Paulo Antônio olhou para Patrícia e disse:

— Sua antecessora estava trabalhando em dois processos ligados à privatização do banco.

— Desculpe, mas ainda não tive tempo de analisar essas pastas. Talvez seja melhor chamarmos a Ana Claudia. Ela está aqui há bastante tempo.

— Ela está trabalhando em quinze processos. Está sobrecarregada.

André olhou para o bloco de notas em sua mão esquerda e insistiu:

— Esse doleiro fez um acordo de delação premiada em 2004. Foi peça central na CPI que apurou o escândalo.

— Ele foi condenado por crime financeiro — Paulo Antônio falou rapidamente —, ou seja, está fora do nosso campo de atuação. Quem autorizou o inquérito foi o juiz federal da Segunda Vara. O caso Banestado teve dois aspectos: o civil e o criminal.

— Os crimes financeiros e de evasão de divisas foram investigados pela Polícia Federal a pedido do Ministério Público — Patrícia completou em tom professoral.

— Sei disso, mas imaginei que vocês pudessem ter alguma informação sobre este caso, já que quase todos os processos estão encerrados ou prescreveram.

Patrícia não esperou pela resposta do promotor e disparou:

— Nem todos. Mas você já deve saber disso também. O problema é que o juiz não pode falar porque os processos correm em segredo de justiça, então pensou em procurar algum vazamento na promotoria.

Os dois homens olharam para ela, em silêncio.

André sorriu e rebateu:

— Você tem razão. Eu tinha esperança de conseguir alguma informação aqui. É meu trabalho. Mas também imaginei que, depois de tanto esforço, a promotoria poderia estar frustrada com o resultado da CPI e das investigações do Ministério Público. Sete dos catorze ex-funcionários acusados tiveram as penas prescritas no ano passado.

Patrícia se mexeu na cadeira, impaciente.

Paulo Antônio tomou um gole de água e respondeu:

— Nós trabalhamos muito. Lógico que ficamos frustrados. A procuradoria demorou demais. A ação ficou parada por cinco anos no Tribunal Regional Federal em Porto Alegre.

— As prescrições estão no Código Penal, então como se explica que um tribunal regional demore cinco anos para julgar apelações? — insistiu o jornalista.

— Você sabe quantos processos existem tramitando por aí? — Paulo Antônio respondeu com outra pergunta.

— Nem imagino.

— Mais de cinquenta e cinco milhões. Para cada cem processos, somente vinte e nove chegam ao fim. Nós trabalhamos nesse cenário. Não posso explicar as razões da demora daquele julgamento. Você deveria entrevistar os juízes que atuavam lá.

— Já fiz algumas tentativas. Não desisto fácil. Mas talvez o senhor possa falar dos processos de improbidade administrativa daquela época.

— Alguns funcionários do banco foram processados e condenados.

— Quais foram as condenações? — André quis saber.

— Nós podemos levantar esses dados. Patrícia fará isso e, assim que tivermos estas informações, voltamos a conversar.

— Agradeço muito.

— Pode falar diretamente com a Patrícia — finalizou Paulo Antônio.

Ela levantou a cabeça e encarou o chefe. Era nova ali, mas não conseguiu evitar. Seu olhar deixou bem claro que não estava gostando de servir aos desejos de um repórter. André levantou da cadeira e se despediu. O aperto de mão dela foi ainda mais forte, como se quisesse desafiar o homem para um duelo. Com a luminosidade da janela por trás, Patrícia estava radiante na camisa de seda estampada em tons de azul. André demorou um breve instante olhando-a antes de sair.

Na sala do segundo andar, Karina serviu café numa caneca vermelha e sentiu o calor irradiar como fogo na palma da mão.

— Inacreditável! — Patrícia esbravejou antes mesmo de fechar a porta. — Virei babá de jornalista. Por favor, passe a batatinha.

Ana Claudia retirou a tampa de plástico e entregou a lata de batatas a Patrícia. Ela pegou um punhado de fatias amarelas com cheiro de fumaça e colocou tudo na boca. Depois de alguns minutos, tinha mastigado quase a metade das batatas da lata.

— Paulo Antônio quer que eu busque as sentenças da época do Banestado para facilitar o trabalho do jornalista Brad Pitt. Bem eu que sempre fui do time do George Clooney.

— Pensando bem, ele é moreno. Acho que está mais para o Clooney — Ana Claudia fez uma careta. — Em que jornal ele trabalha?

— Editor da revista *Visão* — Patrícia respondeu.

— Então não é um repórter qualquer. A revista dele é boa.

Patrícia se sentou em frente ao computador e começou a trabalhar.

— Pode ser, mas ele é um chato arrogante. Quer vazamento de informação. Sabe que não vai conseguir nada na Segunda Vara, então veio bater aqui.

— Se precisar de ajuda, pode gritar — disse Ana Claudia, e mergulhou na leitura da primeira folha de uma pilha de papéis na sua mesa.

CAPÍTULO QUINZE
CONEXÕES

Gypsy arfava e fazia barulhos estranhos enquanto rebolava, jogando a barriga pesada de um lado para o outro. Patrícia trotava devagar, respeitando o ritmo da cachorra. Nas três pistas asfaltadas do Parque Barigui, ciclistas, corredores e andarilhos suavam escondidos atrás de bonés e óculos escuros. Dividiam a vista do lago, brilhando ao sol daquela manhã quente. Muita gente corria na tentativa de se livrar dos pneus que pulavam por cima dos elásticos dos shorts e bermudas.

No final da ponte sobre o lago, Patrícia virou à direita e atravessou a rua. Por alguma razão inexplicável, a multidão se concentrava no trajeto principal e deixava aquele espaço deserto. Ela passou por uma quadra de vôlei de areia. O portão de tela à esquerda se abriu, e um rebanho de ovelhas e carneiros de pelagem escura passou em direção ao bosque. Agitada, a labradora quis seguir a carneirada, mas foi forçada a continuar seu exercício matinal.

A Land Rover estava parada no estacionamento ao lado da rodovia. Gypsy se acomodou no porta-malas e Patrícia deixou os vidros abertos para expulsar o ar quente de dentro do carro.

Um homem entrava num carro estacionado em frente à academia de squash. Levava duas raquetes na mochila. A música que escapava pelas janelas abertas do carro que passava na rua chamou sua atenção.

André olhou para dentro da Land Rover e viu Patrícia. O rabo de cavalo sacudia, acompanhando os movimentos de cabeça como uma dança ensaiada, e sua boca fazia a segunda voz da música como uma *backing vocal*. Tudo nela provocava curiosidade. Não era apenas a beleza, mas algo que transparecia por trás da sua expressão. Uma espécie de alegria represada que esperava pelo momento da libertação.

Patrícia arrancou devagar e, num relance, viu André. O que o jornalista fazia no seu território? Além de importunar em seu ambiente de trabalho, tinha que jogar squash numa academia do Parque Barigui?

Passou todo o tempo do trajeto até sua casa pensando nas matérias assinadas por ele na revista *Visão*. Podia ser intrometido, mas ninguém podia duvidar da sua coragem.

A temperatura passava de trinta e dois graus quando Gypsy invadiu a parte rasa da piscina sem a menor cerimônia. Uma baleia Lolita num show improvisado do Seaquarium. Da janela do quarto, Patrícia sorriu e resolveu se juntar à sua companheira para um mergulho rápido antes de partir para o trabalho.

Ricardo tinha saído mais cedo.

Pouco antes das onze, na garagem de casa, a promotora pisou no acelerador e ouviu o ronco do motor de quinhentos e dez cavalos da caminhonete antes de ligar o sistema de som e esquecer a potência exagerada do carro.

***

No centro da cidade, André esperava pelo enorme copo de suco de laranja encostado no balcão da lanchonete Dona Fruta. Vestia calça jeans e camisa branca de algodão fino, estampada com pequenas coroas pretas espalhadas pelo tecido, com as mangas arregaçadas. Ele ouviu o toque do celular, olhou o visor e atendeu.

— Você já chegou no trabalho?

— Quase. Tô tomando um suco aqui embaixo.

— Estou aqui no centro. Passe o endereço e me espere. Chego em dez minutos.

Ainda encostado no balcão, André acessou o canal de notícias no celular, ignorando o falatório dos outros consumidores.

Cássio chegou apressado, com o sapato de couro sujo.

Os dois se afastaram do caixa e se sentaram em cadeiras altas ao redor de uma mesa redonda perto da porta, a poucos centímetros da calçada.

— Qual é a novidade? Deve ser boa pra você vir até aqui me contar — falou André.

— Não é muito, mas eu ouvi algumas coisas.

— Tem a ver com a revelação da Franciele?

— Pode ser. Entrou no radar um delegado estadual bem conhecido por aí. Ele comanda uma equipe pesada. Tem relação com vários deputados, juízes, doleiros. Tudo da banda podre. — Cássio fez sinal para o rapaz atrás do balcão pedindo um suco.

— Coisa fina.

— Esse cara está metido até o pescoço com o deputado Alcântara de Londrina. Parece que existe uma ligação forte desse deputado com o doleiro Assad. A PF está na cola deles, mas isso não sai daqui. Já pegaram várias conversas entre eles numa escuta telefônica. A operação começa nos próximos dias. Tenho quase certeza de que eles vão querer ouvir a Franciele.

— Você acha que ela consegue negociar a pena? — André se mexeu na cadeira.

— Quem decide é o juiz, mas acho que sim. Precisamos desse depoimento para pegar as contas do doleiro.

— O processo vai correr em segredo de justiça? — perguntou o jornalista.

— Tenho certeza. Você não vai conseguir publicar muita coisa.

— Mas eu preciso publicar a história da Franciele. Quero te ajudar, mas não posso deixar passar. — Ele terminou o suco e brincou com a borda do copo vazio.

— Eu sei. Por isso eu vim até aqui. Você pode esperar dois dias?

— A revista fecha quinta-feira. Posso empurrar até o início da manhã de sexta, nem uma hora a mais. De verdade.

— Hoje à noite te digo como vai ser. Alguém precisa falar com ela o quanto antes.

— Também acho. — André concordou.

— Depois do depoimento, você publica. Mas ela vai precisar explicar que procurou você antes de falar conosco. Já tivemos problemas demais por causa de vazamentos para a imprensa.

— O que mais você pode dizer desse delegado finíssimo?

— Espere mais um pouco — pediu Cássio.

— E o deputado? Posso começar a correr atrás?

— Ali, sim, você vai achar alguma coisa. O cara é um pavão. Faz festas de arrombar a boca do balão numa fazenda perto de Londrina. Mulherada, drogas e tudo que tem direito.

— Dinheiro de família ou só de bandalheira?

— Parece que a mulher vem de família rica, mas não sei até que ponto ela banca a diversão do marido. — Ele lançou um olhar de reprovação para um motorista que buzinava insistentemente a poucos metros da mesa.

— Entendo. E o juiz?

— É sério. Não vai falar com você.

— Eu posso ajudar a fazer pressão contrária. Vai aparecer muita gente fazendo pressão para jogar a sujeira pra baixo do tapete — disse André.

— Ele sabe disso e talvez libere alguns depoimentos para a imprensa, mas ele também sabe que vai estar pisando em ovos. Uma mínima falha estraga qualquer chance de condenação de bandeja.

— Você pode tentar me colocar em contato com ele?

— Posso tentar — Cássio respondeu e suspirou, sem convicção.

— Espero um telefonema seu sobre o depoimento da Franciele. Agora preciso trabalhar. — André bateu no ombro do amigo e saiu caminhando pela calçada lotada de gente.

CAPÍTULO DEZESSEIS
MARIDO X MULHER

Patrícia ouviu o barulho do trinco da porta de entrada da garagem. A sala estava na penumbra, e ela, concentrada na trama do seriado *Scandal* na televisão. A atriz, obviamente linda e sempre elegante, encarava as situações mais improváveis como uma esfinge negra de olhar penetrante. Quando a mulher mostrava os dentes e dizia "agora", provocava um tsunami em Washington D.C.

Teria virado panqueca em Brasília D.F.

Ricardo deixou a maleta de couro numa poltrona e foi até o sofá. Não exibia a postura firme de sempre.

— Não consigo imaginar você fora da minha vida. — Ele afrouxou o colarinho da camisa e fixou o olhar nela.

Patrícia demorou para apertar o botão no controle remoto. Estava indecisa entre se deixar levar pelas tramoias políticas e pelo romance secreto do presidente dos Estados Unidos ou voltar aos mesmos argumentos repetitivos que pareciam ser a razão de ser do seu casamento.

— Você precisa falar comigo. Não entendo mais o que acontece por aqui. Estou exausta e assustada — ela falou, o tom de voz desesperado.

Ele segurou a mão dela com força.

— Que tal um bom jantar em casa? Jogar conversa fora? Assistir a esse filme que você está adorando?

— Se você tirar esse paletó, posso considerar.

— Vou tomar uma ducha e desço em dez minutos. Podemos escolher outro filme.

Ela reclinou-se no sofá. Olhou para a tela escura da TV e pensou no velho conceito de casamento. Casa cheia de filhos, sorrisos e cães latindo, churrasco de domingo.

A realidade parecia bem mais feia. Brigas judiciais intermináveis. Crianças abandonadas, vítimas de famílias desajustadas. Pais e mães irresponsáveis. Não fazia sentido acreditar em bobagens românticas, mas parte dela não conseguia abandonar a esperança de ver essa fantasia coincidir com a realidade.

Patrícia serviu uma salada de grão-de-bico. Tinha salsinha e hortelã na medida certa.

— O trabalho novo vai bem? — Ricardo arregalou os olhos, tentando mostrar interesse na resposta.

— Vai bem. Trabalho com uma promotora ótima, em todos os sentidos. — Ela mexeu no cabelo, lembrando da cabeleira única de Ana Claudia.

— Eu sabia que a adaptação seria mais fácil do que você imaginava.

— Você conseguiria se adaptar? — A pergunta pegou o juiz de surpresa.

— Não sei — ele disse, depois de um instante de hesitação.

— Eu acho que não — ela rebateu.

— Por que diz isso?

— Algumas pessoas não conseguem separar uma coisa da outra. O que você faz e o que você é são a mesma coisa.

— Isso é tão ruim?

— Nem bom, nem ruim. Nem tudo é certo ou errado.

— Nossa, nosso jantar está virando um debate filosófico. Podemos voltar para o papo furado? — ele fez uma careta e levantou as mãos.

— Hoje fui promovida a babá de um jornalista, um editor da revista *Visão*. Ele quer rever o caso Banestado.

— A troco de quê? Depois de tanto tempo, o que ele acha que vai encontrar?

— Não sei, quer ver as condenações por improbidade. — Ela se arrependeu de ter falado assim que as palavras saíram da sua boca. Afinal, não queria cair num dilema ético ao falar do doleiro, mesmo que a pessoa sentada ao seu lado fosse um juiz ou fosse seu marido.

— Quem foram os condenados? Você lembra?

— Três diretores, dois gerentes e donos de corretoras, além dos doleiros, claro.

— Ele disse em quem estava interessado? — Ricardo perguntou.

— Não disse, mas acho que deve estar procurando ligação com algum político do momento.

— Deve ser isso. Mas por que você? Nem participou do processo...

— Estou menos atarefada, deve ser por isso — ela falou sem pensar.

— Ainda... O que você respondeu para o seu chefe?

Patrícia não sabia o que dizer. Abriu e fechou a boca.

— Não respondi nada. Ele é meu chefe. — Ela levantou as mãos, mostrando obviedade.

— Você podia ter argumentado, afinal você é uma promotora experiente. Não precisa aceitar tarefas menores.

— Quer dividir uma Estrella Damm saída do freezer? — perguntou, ansiosa para mudar de assunto.

— Acho que vou abrir um chardonnay bem fresco.

Patrícia tentou imaginar Olivia Pope tomando cerveja no sofá da sala, de mãos dadas com o presidente Fitzgerald Grant III. Besteira. Olivia só tomava vinho tinto. De preferência Châteaneuf-du-Pape. Talvez pulasse para fora da tela da TV, como a personagem de *A Rosa Púrpura do Cairo*, de Woody Allen, se na mesa da sala estivesse uma das cem garrafas produzidas do fictício Du Bellay safra 1994...

CAPÍTULO DEZESSETE
INFORMAÇÕES

— Eu mesmo investiguei vinte operações da Banestado Leasing. Descobrimos uma série de irregularidades, inclusive um empréstimo de quatro milhões de dólares sem garantias a uma empresa que já tinha falência decretada. — Paulo Antônio parecia cada dia mais careca. Como se a passagem do tempo estivesse mais acelerada desde que os esqueletos do Banestado começaram a reaparecer.

— Você já estava aqui na época. Viu tudo de perto. Talvez fosse melhor você atender esse jornalista. Eu não sei nem por onde começar... — Ela levantou os braços, enrolou o cabelo num coque improvisado e enfiou a ponta dentro do próprio penteado.

— Estou sem tempo nenhum. Além do mais, eu também teria que mergulhar nos arquivos. Tem muita coisa ainda em papel. Não podemos confiar só na minha memória.

— Posso ser sincera?

— Faça isso. — Paulo mexeu os ombros em sinal de visível desconforto e assentiu.

— Não vejo razão para atendermos essa solicitação do editor da *Visão*.

— Nós trabalhamos muito naquela época, mas acho que o resultado poderia ter sido melhor — disse ele.

— Entendo bem o sentimento de frustração. Mas você quer usar essa chance para mudar a história. Isso nunca dá certo.

— Agora é o momento de dizer alguma coisa. O ambiente é propício. O público está mais preparado para entender o que aconteceu.

— Talvez sim. Só não esqueça que vamos abrir a porta do vespeiro. Depois, ninguém mais vai conseguir fechar.

— E se abrir o vespeiro for uma forma de justiça?

Patrícia pensou em responder, mas ficou calada. Ela mesma tinha seus momentos de indagação em relação ao sistema de justiça.

— Muita água já rolou nesse rio lamacento. Grandes escândalos têm pipocado de tempos em tempos. Melhor deixar que a imprensa faça o que tem de fazer.

— Você é quem sabe. — Ela se levantou, mas parou na porta e olhou para trás. — Vou começar a fuçar nos arquivos lá de cima.

Ana Claudia passou por ela, apressada. Patrícia não tinha certeza se a amiga conseguia enxergar alguma coisa no interior do prédio, por causa das lentes circulares azuis e espelhadas dos óculos escuros da era de Woodstock, que certamente não permitiam muita visibilidade.

Canetas coloridas estavam meticulosamente arrumadas numa bandeja sobre a mesa de Ana Claudia. Ela usava uma espécie de código único para a organização de ideias. As palavras nas páginas impressas ganhavam marcas coloridas conforme seu significado, importância ou questionamentos intrínsecos.

— Lá vou eu para os arquivos… — Patrícia levantou as mãos e fez uma careta.

— Com esse calor? Boa sorte! — Ana Claudia tirou o colete de linho branco e libertou todos os babados da blusa azul-piscina.

O traje de um bufão fugitivo de alguma monarquia europeia parecia harmônico no conjunto.

Numa sala abarrotada, os arquivos cinza de chapa de aço tinham altura variada, com seis ou cinco gavetas. O ar que conseguia circular entre eles era pesado. Patrícia pensou na facilidade dos investigadores dos seriados americanos. Com um simples toque numa gigantesca tela colorida, dezenas de informações milagrosamente solucionavam os crimes mais escabrosos.

No centro da sala, ela encontrou uma gaveta etiquetada, onde se lia: "2001/Banestado". Pegou algumas das pastas de papelão na gaveta e coçou o nariz, sentindo o pó se transformar em rinite alérgica no mesmo instante.

— Você pode me ajudar? — de volta à sua sala, Patrícia olhou para a estagiária. — Tenho que pegar mais algumas pastas no arquivo.

As duas trouxeram mais uma pilha de pastas e acomodaram os papéis como puderam. Uma pilha de ácaros. Patrícia suspirou e parou em pé ao lado da mesa.

— São mil e duzentas páginas de relatório, sem falar das quase oitenta mil páginas de anexos da CPI da Assembleia. Semanas de trabalho.

— Você quer somente as sentenças? — quis saber Karina.

— Vou dar uma olhada nos processos e tentar filtrar algumas informações. Um editor de revista não teria vindo até aqui só pelas sentenças.

— As sentenças estão disponíveis na internet — Ana Claudia interrompeu.

Sua deliciosa voz de leão combinava com o corpo de qualquer um dos Big Five africanos.

Patrícia se acomodou na cadeira e abriu a primeira pasta.

A ação foi proposta em face de Wilson Mugnaini, então presidente da Banestado Corretora, e Paulo Roberto Gonçalves da Silva, diretor da empresa. A ação civil pública foi distribuída para a 2.ª Vara da Fazenda Pública da capital. As investigações realizadas pela promotoria apontaram que os requeridos teriam ofendido a legislação aplicável à matéria, causando danos à instituição. Os danos suportados pelo Estado foram estimados em mais de R$ 95 milhões. A mesma operação é objeto de ação penal, por crime contra o sistema financeiro nacional, proposta no ano passado pelo Ministério Público Federal. A ação tramita perante a 2ª Vara Criminal de Curitiba.

Três horas depois, Patrícia estava na mesma posição. A coluna lombar, esmagada pelo peso do corpo contra o assento da cadeira, deu sinais de fadiga e ela se mexeu inconscientemente.

— Ana, você entrou quando o banco foi vendido?

— Um pouco depois. Lembro do Paulo Antônio trabalhando como doido naquela época. Ele entrou dois anos antes de mim. Foi o representante do Ministério Público na CPI do Banestado. Acho que foi nessa época que ele perdeu os cabelos. Ele participou de dezenas de reuniões que nunca deram em nada, interrogatórios intermináveis e uma quantidade enorme de sessões das comissões parlamentares.

— Ele participou das investigações?

Karina acompanhava a conversa em silêncio. O nariz fino e comprido no rosto magro apontado em direção de ataque, como antenas de um mosquito.

— Claro. Foi um dos mais ativos — Ana Claudia respondeu.

— Aqui tem uma pasta sobre a privatização do banco. Não sei se vale a pena — Patrícia falou.

— O Paulo pode te ajudar com essa. Foi aí que ele se destacou. Dessas investigações, saiu uma ação de responsabilidade do Estado contra a União de mais de três bilhões de reais.

— Vou dar uma lida antes de falar com ele.

O Banestado foi adquirido em leilão pelo banco Itaú em outubro de 2000. A instituição privada arrematou o banco estatal por R$ 1,6 bilhão, valor que representou um ágio de 303% sobre o preço mínimo. Anteriormente, porém, o Banestado havia recebido a título de saneamento R$ 5,1 bilhões da União, como empréstimo a ser pago pelo Estado do Paraná até o ano de 2029.

— São trinta investigações diferentes, nem tenho todas elas aqui. — Patrícia sacudiu a cabeça.

— Isso mesmo. Você vai precisar de uma semana só para dar uma primeira olhada neste material. — Ana Claudia piscou várias vezes e anunciou que estava decretando encerrado seu dia de trabalho. A tintura dos seus cabelos precisava de retoque e ela não tinha a menor intenção de perder o horário no salão de beleza. Sua cabeleireira era impiedosa com clientes atrasadas.

— Também vou. Levo alguma coisa para ler em casa. — Patrícia separou três pastas e saiu.

Ela se despediu do segurança e foi até o carro, pensando na melhor maneira de escapar do trânsito pesado àquela hora. Ouviu o toque do celular e instintivamente enfiou a mão num compartimento dentro da bolsa. Viu o nome no visor. A chamada era do marido.

— Desculpe, hoje não posso. Estou levando trabalho pra casa.

Sentiu uma pontada de culpa por não aceitar o convite para jantar num restaurante francês recém-inaugurado. A ideia de um jantar a dois já não parecia tão interessante. A falta de amigos para dividir a mesa de jantar cobrava seu preço. A dedicação exclusiva e aparente união do casal com o tempo se transformaram em isolamento e ela nem sequer entendia a razão daquelas escolhas do passado. Nem mesmo sabia se tinham sido escolhas suas.

No caminho de casa, decidiu que alguns pães especiais poderiam compensar o programa gastronômico. Entrou no estacionamento da Paneria na rua Gastão Câmara. O cheiro de farinhas especiais e ervas misturadas, seguindo as instruções descritas em antigas receitas uruguaias, aguçava os sentidos dos fregueses debruçados sobre balcões envidraçados. Ela saiu carregando três sacolas de papel pardo.

Uma brisa fresca soprou quando Patrícia entrou em casa. Ela quase arrancou a saia justa preta com corte moderno e comprimento abaixo do joelho e a blusa lilás, arrependida pela escolha do traje naquela manhã. Se soubesse que passaria tanto tempo numa sala de arquivos abafada e poeirenta, certamente não teria vestido nada parecido.

Poucos minutos depois, num vestido esvoaçante de verão e cabelos molhados, Patrícia arrumou uma mesa farta. Pães, presunto cozido com capa de gordura, queijos, manteiga com cobertura de sal grosso, suco de maracujá e chá de hortelã. Ela decididamente precisava daquele intervalo.

Ricardo entrou carregando o paletó no braço e usava a camisa sem gravata. Viu a mulher absorta na leitura de um documento, sentada na sua cadeira de costume na sala de jantar, de frente para a varanda, com Gypsy deitada ao lado dos seus pés. O chá esfriava na xícara, esquecido.

— Muito trabalho?

— Quero adiantar um pouco essa pesquisa. Experimente o pão de azeitonas pretas.

Ele notou que a mulher parecia ansiosa para voltar à leitura.

— Pelo jeito, a pesquisa está interessante.

Ela levantou as sobrancelhas e sorriu.

— Processo antigo, mas não deixa de ser interessante.

— Jurisprudência?

— Só uma matéria que aquele jornalista está escrevendo.

Ricardo fez uma careta.

— O Paulo Antônio acha que temos que facilitar o acesso às informações — ela explicou.

— O assunto é tão importante que merece a atenção especial da promotora na hora do jantar?

— Ainda o Escândalo Banestado.

Ricardo se serviu de um copo de suco de maracujá.

— Qual vai ser o foco da matéria?

— Não sei — respondeu ela.

— Estranho um repórter remexer num caso antigo com tantos fatos atuais acontecendo por aí — observou o juiz. — Não deram explicações? Simplesmente chegaram na Promotoria e exigiram acesso às informações? — O tom de voz mostrava uma agressividade contida, tentando escapar pelas fendas da muralha de contenção.

Patrícia fechou a pasta e tentou mudar de assunto.

— O Paulo Antônio participou nas investigações. Talvez a revista queira fazer uma retrospectiva histórica. Você quer que eu prepare um sanduíche especial à moda da casa?

Ricardo hesitou, mas aceitou com um sorriso pouco sincero.

As luzes das casas vizinhas se apagavam quando o juiz acendeu a luz da mesinha de cabeceira e abriu um livro.

Patrícia aproveitou o momento de tranquilidade e foi até o escritório. Ouviu o som longínquo do alarme de algum carro, intermitente. Abriu a gaveta e pegou a pasta de papel pardo.

Em 6 de julho de 2009, o juiz da 3ª Vara da Fazenda Pública [...] julgou integralmente procedente ação civil pública ajuizada pela

Promotoria de Justiça de Proteção ao Patrimônio Público da Capital, condenando ex-diretor do Banestado a ressarcir ao erário R$ 5.256.613,59 devidamente corrigidos.

Foram investigados dez bancos e 1300 contas de grandes empresas e pessoas físicas.

Ela pensou nos jogadores de futebol e cantores populares investigados na época e imaginou o tipo de pressão sofrida pelos envolvidos na investigação.

O barulho da água fervendo na chaleira elétrica na bancada trouxe Patrícia de volta ao presente. Ela preparou uma caneca de chá de ervas e voltou à mesa perto da janela.

O compartilhamento de provas em inquérito policial foi autorizado pelo juiz federal Sergio Moro, da 2ª Vara Federal Criminal de Curitiba.

Ela anotou o nome do juiz num bloco de papel reciclado. Desenhou uma flecha ao lado do nome e escreveu compartilhamento de provas.

Uma hora depois, sentiu o peso das pálpebras, avisando que seu cérebro precisava entrar em modo de descanso nos próximos minutos.

Guardou as pastas na maleta de couro e foi para o quarto.

Ricardo dormia, mas Patrícia estranhou o silêncio absoluto. Não ouvia o ruído grave da respiração dele. Conhecia bem o barulho do sono profundo do marido e, naquele momento, ela ouvia apenas o som do silêncio.

CAPÍTULO DEZOITO
ARQUIVO MORTO

Uma torre de fumaça escura subia em direção à atmosfera. Patrícia ouviu buzinas impacientes e viu duas filas de carros completamente paradas na avenida Presidente Arthur da Silva Bernardes. Um carro de bombeiros passou pela direita. Ela deu uma guinada e jogou o carro para a calçada, evitando que a lateral da Land Rover fosse amassada e arranhada. Olhou para o relógio digital no painel. Estava atrasada. Muito atrasada.

Labaredas monstruosas envolviam um ônibus cinza. Os vidros estraçalhados das janelas deixavam passar o fogo e a fumaça. Curiosos se aglomeravam nas calçadas, mantendo certa distância. Patrícia abriu o vidro e tentou descobrir o motivo do fogaréu, mas a guarda de trânsito, visivelmente mal-humorada, mandou que ela seguisse pelo desvio indicado, sem fornecer informação alguma. Talvez o incêndio fizesse parte da onda de protestos que se espalhava pelo país. Greves tinham se tornado notícia corriqueira.

Ao meio-dia e quarenta, Patrícia estacionou a caminhonete, deixando uma grande distância do meio-fio. Não tinha tempo para uma manobra perfeita. Não gostava de ser a última a chegar ao trabalho.

— Desculpem o atraso. Vocês não imaginam a confusão no Batel. Uma barbaridade.

— Eu ouvi no rádio. Motoristas colocaram fogo num ônibus. Protesto contra demissões e salários baixos — explicou Ana Claudia. Seu traje do dia incluía uma espécie de bata cor-de-rosa de tecido fino e botas de caubói. A vasta cabeleira ruiva estava milagrosamente comportada, os fios brilhantes sem cachos ou ondulações fabricadas, caindo sobre os ombros.

— Será que acham que destruição vai aumentar salário de alguém? — Patrícia sacudiu a cabeça, desolada.

— Mister Clooney já ligou duas vezes. Deixou o número da revista. Pediu para você retornar — anunciou Karina.

— Obrigada. Ligo mais tarde. — Ela pegou as pastas de papelão pardo da maleta e saiu da sala. Vestia calça larga e regata de algodão com mocassim sem salto, adequado para o trabalho de pesquisa nos arquivos. Devolveu as pastas à gaveta de onde as retirou. Na mesma gaveta, pinçou uma pasta com a data de 2004.

Em 2004 foram detidos cinco ex-funcionários do Banestado acusados num esquema de remessa ilegal de US$ 1,9 bilhão ao exterior por meio de contas CC5 entre 1996 e 1997. Contas em nome de 94 laranjas...

Patrícia ligou os dois ventiladores de pé, grandes e prateados. As rajadas de vento se cruzavam e espalhavam o ar mofado pela sala. Uma hora e meia depois de vasculhar várias gavetas, decidiu levar seis pastas para sua sala. Todas mereciam uma leitura mais atenta.

Antes mesmo de abrir a porta, ouviu o toque do telefone dentro da sala. Colocou as pastas sobre a mesa e olhou para Karina.

— Ele de novo. Vai atender? — Karina perguntou em voz baixa.

Patrícia suspirou e pegou o telefone sem fio.

— Você conseguiu encontrar alguma coisa interessante nos arquivos da promotoria? — André foi direto.

Melhor assim.

— Ainda estou no início da pesquisa. São muitos documentos. Foram trinta investigações diferentes.

— Entendo... — Ele esperou por uma resposta, mas só ouviu o som da respiração dela no outro lado da linha. — Posso ajudar de alguma forma? — continuou André.

— Preciso de mais alguns dias. — Ela revirou os olhos.

— Podemos tomar um café amanhã? Tenho prazo para entregar essa matéria. Infelizmente, não consegui muita coisa até agora.

— Eu ligo pra você — disse ela.

— Acho que você não vai fazer isso.

A resposta dele surpreendeu Patrícia. Ela olhou para a pilha de pastas sobre a mesa e pensou antes de falar:

— Geralmente saio tarde. Posso encontrar com você antes do jantar, mas, sinceramente, acredito que vamos perder nosso tempo.

— Talvez sim, talvez não. Logo vamos descobrir... — Sua voz transbordava entusiasmo.

Patrícia imaginou Mister Repórter do outro lado da linha. Parecia irremediavelmente apaixonado pelo seu trabalho.

— Você conhece o Lucca Café na rua Presidente Taunay? Fica bem perto do Shopping Cristal — disse ele.

— Conheço. Encontro você lá, amanhã às sete — respondeu ela.

— Obrigado.

Ela pegou a primeira pasta da pilha e procurou uma caneta entre os papéis espalhados. Por alguma razão inexplicável, nunca existia uma caneta ao alcance da sua mão. Olhou com inveja para a fileira de canetas sobre a mesa de Ana Claudia.

— Caneta?

— Por favor. — Patrícia levantou os ombros.

— Azul? — Ana Claudia usava batom rosa brilhante. Uma espécie de pigmento especial fazia com que a cor não perdesse a intensidade, mesmo depois de várias horas.

Ela assentiu com a cabeça e uma caneta *rollerball* executou uma trajetória perfeita no ar. Num reflexo, Patrícia pegou a caneta antes que aterrissasse ruidosamente. Sorriu satisfeita e começou a ler. Fez anotações num bloco de rascunho. Avançou e retrocedeu. Leu e releu.

Despediu-se de Karina, depois de Ana Claudia. Digitou vários nomes e números de processos.

Fez mais anotações.

Pensou em voltar para a sala de arquivos, mas ouviu os sons do seu estômago gritando de fome.

Patrícia foi a última a sair. Quando enfim foi embora, acenou para o porteiro e notou a escuridão na calçada. Olhou para o poste de concreto do outro lado da rua. Mais uma lâmpada queimada nas calçadas da cidade. Instintivamente, olhou para os dois lados antes de entrar no carro.

CAPÍTULO DEZENOVE
ISRAEL BANK

Ainda do lado de fora da casa, Patrícia ouviu a respiração ofegante da labradora, que todos os dias esperava por ela no hall de entrada. Gypsy adivinhava que a promotora entraria em casa minutos antes da porta se abrir. Jamais se enganava. A natureza era cheia de mistérios.

Ela tirou os sapatos e sentou no tapete de pelo alto na sala de TV. Acariciou a cachorra e sentiu as pregas que se formavam abaixo do pescoço grosso. Um cheiro adocicado de xampu escapava entre seus pelos curtos.

No móvel branco de madeira laqueada, um único porta-retratos dividia as prateleiras vazadas com livros de capa dura e objetos de design. Patrícia odiava aquela fotografia. Via um meio sorriso pouco espontâneo perdido no rosto de uma mulher insegura. Por insistência do cabeleireiro, seu cabelo tinha horríveis mechas loiras presas num coque que deixava a franja arrumada em um topete endurecido por camadas de laquê. A imagem do noivo só piorava o que era ruim. Ricardo ostentava seu melhor sorriso. Dentes perfeitos, cabelos grisalhos e abundantes, e olhar perfurante. O juiz era a representação da autoconfiança. Patrícia olhou para os noivos da foto e pensou numa estampa assimétrica, em desequilíbrio.

Quase onze anos depois, o juiz ainda enxergava sua mulher como aquela noiva da foto, uma pessoa ainda em fase de projeto.

— O senhor Ricardo avisou que vai demorar — a cozinheira anunciou, em tom solene, enquanto entrava na sala.

— Não aguento esperar. Estou morrendo de fome. — Patrícia suspirou, conformada.

— Fiz penne ao pesto e salada grega. — Como de costume, a cozinheira tinha escolhido o cardápio. Raras vezes a dona da casa interferia. Não se lembrava da última vez que tinha entrado num supermercado. Nem mesmo conferia as despesas pagas no cartão de crédito adicional que tinha entregado para a funcionária, contra a vontade de Ricardo. Patrícia via caixas de leite, carne e verduras surgirem nas prateleiras da geladeira da cozinha e ficava grata. Às vezes se sentia culpada e prometia a si mesma que seria uma esposa mais empenhada nas funções da casa. A promessa jamais se concretizava.

— Você pode ir, já passou da sua hora de sair. Eu coloco a louça na máquina como você me ensinou. — Patrícia sorriu, agradecida.

De pijama branco de tecido fino e cabelo molhado, ela se serviu de um grande prato de salada grega e foi para a sala de TV. Estava sozinha. Podia cometer o pecado de jantar enquanto via o jornal da Band News. Depois de devorar um pote de salada de frutas de sobremesa, cochilou no sofá e acordou com a voz do marido.

— Você dormiu e derramou caldo de fruta no tapete — ele falou com uma ponta de irritação na voz.

— Amanhã eu resolvo isso. — Ela se levantou e cambaleou até a cama.

Antes das seis da manhã, Patrícia sentiu o movimento do colchão. Ricardo dormia um sono inquieto e se mexia sem parar. A luminosidade invadia o quarto por uma fresta na persiana e ela decidiu sair da cama.

Ainda não havia cheiro de café nem barulho no andar de baixo.

A maleta de couro preto continuava apoiada no encosto da poltrona do escritório. Patrícia pegou seu bloco de anotações e uma das três pastas que tinha trazido da Promotoria. A data descrita na etiqueta despertou a curiosidade dela: 2010. Doze anos depois da venda do banco para o Itaú.

[...] No final de 2010, uma última instituição entrou na investigação: Israel Bank. A Promotoria de Manhattan quebrou o sigilo das contas do

banco e enviou as documentações de depósitos dos cidadãos brasileiros. Muitos inquéritos, um para cada correntista. Mais de cem pessoas investigadas pela Polícia Federal. Os inquéritos foram abertos por ordem do juiz federal Sergio Fernando Moro, titular da 2.ª Vara da Justiça Federal em Curitiba. Moro é especialista na condução de ações sobre crimes financeiros. O rastreamento de recursos do Banestado indicou instituições financeiras no exterior, entre elas o Israel Discount Bank, situado em Nova York, que captaram valores cuja fonte foram investidores brasileiros...

Patrícia procurou uma caneta. Encontrou na terceira tentativa, na gaveta do meio. Escreveu o nome do banco com três pontos de interrogação ao lado. Ouviu o ruído de talheres e sentiu o cheiro delicioso do café moído na hora. Imediatamente, deixou o bloco e se levantou. Já estava na sala de refeições quando o nome do banco invadiu seu pensamento como um tsunami.

Ela voltou ao escritório no segundo andar em poucos segundos. Abriu o laptop e apertou o botão na lateral. A tela escura demorou a ganhar vida. Ela precisava de um computador novo. Seu velho Dell estava carregado demais. Velho demais. Finalmente surgiu na tela uma flor vermelha e um espaço em branco para a senha de segurança. Patrícia digitou a palavra óbvia, "Gypsy", e viu o sistema operacional começar a trabalhar. Clicou no ícone do navegador e esperou. Ouviu o barulho do primeiro jato de água do chuveiro do banheiro de Ricardo. No canto esquerdo, no alto da tela, digitou o nome do banco e seguiu a flecha até o primeiro link. Quando as quatro imagens retangulares da fachada da agência e o endereço na Quinta Avenida em Nova York surgiram na sua frente, ela teve certeza. Já tinha estado lá.

Desligou o computador e instintivamente tocou a pequena esmeralda pendurada na corrente de ouro branco em volta do pescoço. O presente tinha sido uma surpresa do marido. A pequena caixa da Tiffany fora entregue depois de uma degustação de ostras como prato de entrada no Le Bernardin. Naquela noite, Ricardo tinha levantado a taça de champanhe Moët & Chandon, proposto um brinde ao Dia de Ação de Graças, beijado sua mão e oferecido o presente.

Ela fechou os olhos e sentou no primeiro degrau da escada.

Durante uma semana, o casal tinha caminhado pelas avenidas largas, apreciado a decoração espetacular das vitrines, jantado nos melhores restaurantes e conseguido ótimos lugares para as peças em cartaz em Manhattan. Nas esquinas, o vento impiedoso congelava os ossos. Na vitrine da Bergdorf, no célebre cruzamento da Quinta Avenida com o Central Park, um casaco esportivo, de cor grafite, comprimento até o joelho e gola de pele preta, tinha atraído seu olhar. Durante a viagem, ela não havia cedido aos arroubos consumistas das brasileiras que perambulavam pela cidade à procura de ofertas. Percebendo seu interesse, Ricardo a puxara pela mão para dentro da loja. Patrícia lembrou do seu susto ao ver o valor na etiqueta. Como um casaco podia custar tão caro? Já tinha desistido da compra quando Ricardo pegou o casaco da mão da vendedora e pagou com cartão de crédito. Entregou a sacola para Patrícia sem dizer nada e viu um sorriso genuíno brotar no rosto dela.

Desde então, ela usava o casaco Moncler sempre que a temperatura despencava no inverno curitibano.

Num instante, as lembranças de uma Nova York gelada se juntaram aos fatos do presente na cidade de Curitiba. As cenas que ela acessou na memória pareciam cenas de um filme. As imagens de uma agência bancária sobrecarregaram seu cérebro.

Ela apoiou os cotovelos nos joelhos e se curvou, segurando a cabeça. O banco ficava na Quinta Avenida. Pequenos flocos de neve pingavam do céu como garoa. Patrícia conseguiu rever as cenas da viagem:

— Volte para o hotel. Eu preciso resolver algumas coisas aqui no banco — Ricardo falou, apressado.

— O que você precisa fazer nesse banco?

— Estou pensando em fazer alguns investimentos no exterior.

— Não consigo fazer investimentos além da Previdência Privada. — Ela levantou os ombros em sinal de indagação.

— A Previdência Privada é um ótimo investimento — disse ele.

— Mas você está investindo nos Estados Unidos — ela insistiu.

— Só uma pequena sobra. Eu esperava gastar mais no terreno da nossa casa, então, como foi uma sobra, resolvi arriscar um pouco em dólares...

Passos na escada trouxeram-na de volta à realidade.

— Vamos tomar café? — Ricardo passou por ela, deixando um rastro de perfume na medida certa.

Ela desceu na frente.

Na cesta de pães amontoavam-se duas broinhas de doze grãos e cinco unidades de pão francês recém-saídos do forno da padaria do bairro.

Patrícia cortou o pão ao meio, espalhou manteiga e fatias finas de queijo, e mordeu o sanduíche de casca crocante com vontade.

— Você lembra da nossa primeira viagem a Nova York? Era Dia de Ação de Graças. — Ela tocou o pingente de esmeralda.

— Passamos muito frio. — Ele sorriu.

— Nunca vou esquecer aquele vento.

— Esse colar parece que foi feito para você. — Ricardo olhou para ela como fazia naquelas noites de inverno em Nova York.

CAPÍTULO VINTE
A ENTREVISTA

O painel digital da Land Rover marcava dezenove horas e doze minutos. Patrícia olhou para o sinal vermelho, impaciente. Quando viu a luz verde, grunhiu como um cachorro raivoso. Algum motorista incapaz trancava o cruzamento. Quando finalmente chegou ao Lucca Café, não encontrou uma vaga para estacionar. Seguiu pela Presidente Taunay e virou à direita. Quase dez minutos depois, estava diante de André, numa mesa perto da janela.

— Desculpe. O trânsito estava horrível — disse, ofegante, enquanto puxava uma cadeira e se acomodava na frente dele.

— Não se preocupe com isso. — Ele sentiu o perfume cítrico que emanava da pele dela. Havia harmonia entre as notas de tangerina que escapavam no ar e a personalidade forte da mulher. — Você está aqui. Cheguei a pensar que tinha mudado de ideia. — A manga dobrada da camisa azul deixava à mostra antebraços fortes. Não era a força das academias, de músculos aumentados, mas a força natural do DNA ou de quem tinha passado boa parte da infância ao ar livre.

— Acho que vou tomar um *irish coffee*. Vou morrer de calor, mas não importa — disse ela.

Patrícia vestia uma blusa branca e calça preta com escarpins de salto alto. A roupa tinha o caimento perfeito dos tecidos de qualidade e boa modelagem.

— Dei uma olhada nos processos antigos do Banestado. A maioria das informações está na internet — ela falou sem rodeios.

Ele abaixou a cabeça.

— Sempre existem detalhes que podem resultar em grandes histórias.

O garçom colocou as xícaras de café sobre a mesa e, ao lado de cada xícara, um copo de água com gás. Ela deu um gole no café quente. Uma camada de nata batida cobria o líquido escuro, formando uma listra visível através da xícara de vidro transparente. O creme branco grudou na sua pele, criando um bigode. André olhou para ela e viu uma menina feliz que se lambuzava com sorvete, não uma promotora elegante.

— No início da investigação do Banestado, Roberto Assad assinou um acordo de delação premiada. Uma novidade para a época. Outros doleiros estavam envolvidos, mas só ele fez o acordo. Você não esbarrou em nenhuma outra informação sobre essas operações? — André perguntou.

— Sobre as operações de dólar-cabo? Foram milhares.

— Não. Nós precisamos filtrar as informações.

— Nós? — ela falou em tom de deboche. Sentiu o calor da xícara de café e procurou uma resposta convincente. — Eu não sou repórter. Sou promotora e pretendo manter meu cargo. Não posso ser sua informante. — Ela deu um gole e o gosto de uísque mesclado com o sabor do café forte alcançou seu paladar.

— Você não se importa que essas mesmas pessoas continuem envolvidas no mesmo tipo de crime?

— Como você pode ter certeza de que são as mesmas pessoas?

— Eu tenho certeza.

Ela suspirou e sacudiu a cabeça.

— Veja… eu fiz anotações. Posso te dar algumas informações, mas nada de valor. Não tenho como ajudar, mesmo que eu queira.

André olhou fixamente para ela e falou:

— O Eduardo Freitas, o doleiro que foi pego nas conversas telefônicas com o deputado Darcy Vargas, é parceiro ou até sócio do Roberto Assad, o principal doleiro do caso Banestado.

— Você está segurando essa informação?

— Tenho prazo até sexta. Vou ter que publicar ou matar a matéria.

— Por que você está me dizendo isso?

— Porque sei que posso confiar em você.

— E no seu informante, você pode confiar?

— Posso. A ligação entre os dois doleiros é fato — ele falou com firmeza.

Ela pegou a bolsa que estava pendurada no espaldar da cadeira e tirou de dentro um bloco de anotações. Folheou algumas páginas até encontrar o que procurava.

— Ele foi acusado de subornar um executivo do Banestado, que fez uma série de operações ilegais com dólar nos anos 1990 para obter um empréstimo, e de ter operado quarenta e três contas em nome de laranjas. Essas contas movimentaram trezentos e dezenove milhões de reais entre 1998 e 1999.

— Você não encontrou nada sobre o Eduardo Freitas? — perguntou André.

— Eram mais de sessenta doleiros envolvidos. Não procurei nenhum nome específico — ela disse, mexeu o café e tomou mais um gole generoso —, mas posso fazer isso, se você acha que existe essa ligação.

— Existe. Ele não chegou a ser acusado na época, mas talvez apareça em alguns dos processos da sua promotoria.

— Você tem alguma informação sobre as instituições financeiras no exterior? — Patrícia desviou o olhar.

— Ainda não. Você esbarrou em alguma coisa?

Patrícia não respondeu. Fez sinal para o garçom.

— Mais um *irish coffee*, por favor. Você toma mais um? — ela perguntou a André.

— Vou acompanhar você.

O garçom levou as xícaras vazias. André esperou que Patrícia continuasse a falar, mas ela não disse mais nada.

— Por que você perguntou sobre as instituições financeiras? — ele insistiu.

— *"Follow the money"*.[1] Sempre foi o caminho natural das investigações nos filmes.

André sorriu.

— Mas você parece ter alguma outra razão para falar sobre os bancos.

Patrícia virou a cabeça e seus olhos se encontraram.

E agora? Os pensamentos rodopiavam. O que dizer? Dizer que estava interessada em uma agência do Israel Bank na Quinta Avenida porque seu marido tinha uma conta lá? Dizer que queria entrar de cabeça nessa investigação? Dizer que, por alguma razão inexplicável, queria vasculhar todos os documentos em todos os arquivos de todas as repartições até encontrar alguma migalha de informação que fizesse sentido?

Ela reparou que André tinha olhos cor de mel com partículas esverdeadas, que vibraram com ansiedade.

— Mais de sessenta doleiros e tantas contas no exterior precisavam de bancos dispostos a participar do esquema ou, pelo menos, ignorar certas regras do sistema financeiro. — Ela não gostava de mentir, mas falar da agência em Nova York seria precipitação. Ou melhor, burrice.

— Isso tudo é só a ponta de um enorme iceberg. Você sabe disso, não sabe? — André não dava sinais de desistir.

— Esses processos do Banestado têm mais de dez anos. Ainda que muitos personagens sejam os mesmos, eu não tenho novas informações. Fiz um resumo das minhas anotações. Não tive tempo de digitar. — Ela pegou a bolsa cor de berinjela e procurou um envelope amarelo. — Talvez você tenha dificuldade para decifrar minha letra. Pode me ligar se não conseguir entender.

André pegou o envelope e sorriu.

— Vou confessar uma coisa. Nunca fui um grande tomador de café. Ainda mais com uísque misturado.

---

1   Em tradução livre: Siga o dinheiro. É um bordão em inglês popularizado pelo filme *All the President's Men* (1976). A expressão sugere que, em casos de corrupção, o dinheiro deixa rastros que frequentemente conduzem aos altos escalões do poder.

Patrícia riu. A risada rouca e espontânea revelou dentes brancos e perfeitos.

— Tudo pela notícia? — Ela continuava sorrindo.

— Quase tudo, mas chega de café! Vou passar a noite acordado, possuído pela cafeína.

— Na próxima vez, tomamos Coca-Cola. — Ela abaixou a cabeça, sentindo o rosto corar. De onde saíram as palavras "na próxima vez"? Uísque disfarçado de café talvez não fosse uma boa ideia.

— Podemos chegar a um acordo... na próxima vez, tomamos um vinho... — Ele fez uma pausa proposital antes de dizer "na próxima vez" e guardou o envelope.

Ela se permitiu admirar o sorriso de André. Já sabia que ele era bonito, mas percebeu que o contraste da mandíbula forte com o sorriso fácil era o traço definitivo da beleza dele.

— Posso pedir a conta? Preciso ir...

— Não se incomode com a conta.

— Obrigada. — Ela se despediu com um aperto de mão.

— Tenho vinte e quatro horas antes de entregar minha matéria. Se você conseguir alguma coisa até amanhã, por favor, me ligue.

CAPÍTULO VINTE E UM
ANA CLAUDIA

No trajeto para casa, Patrícia pensou em vinte maneiras diferentes de tocar no assunto com Ricardo: "Por que você precisou abrir uma conta num banco em Nova York? Por que você escolheu o Israel Bank? Aquela conta na agência do Israel Bank é legal?".

Na calçada da rua Dr. Roberto Barrozo, um homem empurrava um carrinho de bebê que sacolejava no sobe e desce das pedras irregulares. *Talvez aquele homem leve uma vida mais simples,* ela pensou.

Imaginou mais de vinte respostas possíveis sem chegar a nenhuma conclusão. Muitas teorias começaram a se formar na sua cabeça. Todas incompletas, presumidas. Ela entrou na garagem sem ter tomado uma decisão. Falar ou não falar com Ricardo sobre a conta naquela agência da Quinta Avenida?

Ela viu uma agência do banco Itaú do lado esquerdo da rua. Milhões de brasileiros se contentavam em concentrar suas finanças ali. Mas diferentemente dos assalariados normais, seu marido precisou procurar um banco nos Estados Unidos.

Patrícia e Ricardo falaram pouco durante o jantar, cada um mergulhado em suas divagações e incertezas. Cinco minutos depois, ela tomou um banho rápido e escolheu um pijama confortável. Na sala de televisão no andar térreo, afundou numa espreguiçadeira Le Corbusier de couro preto com o iPad apoiado nas coxas. Enquanto Ricardo assistia a um jogo do campeonato brasileiro, ela se concentrava nos textos que surgiam na pequena tela. Navegou por alguns sites de notícias até acessar o site do Tribunal de Justiça do Estado do Paraná. Digitou o nome de Eduardo Freitas e esperou que o movimento circular no alto da página indicasse uma resposta.

Nada.

Ela entrou no site do deputado relator da CPI do Banestado e procurou informações sobre Eduardo Freitas. Nas mil cento e quarenta e duas páginas do relatório final, não havia muita coisa além do que a imprensa já tinha noticiado.

— Você ainda está metida nesse caso do Banestado? — A proximidade dele assustou Patrícia. Estava agachado atrás da cadeira, com o rosto a poucos centímetros do cabelo dela.

— Curiosidade. Tive uma reunião com o repórter da *Visão Curitiba* hoje. Ele não é do tipo que desiste fácil.

— Esse relatório da CPI nunca chegou a ser aprovado oficialmente — Ricardo disse, olhando para a tela do iPad por trás do ombro dela.

— O que não quer dizer muita coisa.

— O que vocês estão procurando? — perguntou ele.

— Respostas. Alguma coisa que faça sentido. Só isso.

— Calma. Eu só acho que você está desperdiçando seu talento num caso envelhecido.

— Pode ser, mas meu tempo de folga não está valendo tanto assim. — Ela fechou a tela.

— Você está entediada porque teve que sair do Crime. Mas vai se acostumar com o trabalho no Patrimônio.

— Talvez seja isso mesmo.

— Pare de procurar fantasmas. Deixe o passado no passado.

— Por que isso incomoda você? — Ela virou o rosto e encarou o marido.

— Claro que não incomoda. Só acho desperdício de tempo — ele falou, impaciente, e se remexeu na cadeira.

— Por falar nisso, vamos dormir, porque já jogamos fora pelo menos uma hora de sono.

Ela desligou o iPad e fez uma anotação mental para trocar suas senhas de acesso. A sequência "Gypsy" era óbvia demais. Detestava senhas. Mas detestava ainda mais a ideia de alguém invadindo sua vida on-line.

Na manhã seguinte, Patrícia se despediu do marido e olhou de relance para o relógio de pulso. Cedo demais para telefonar para Ana Claudia. Tomou mais uma xícara de café com leite e olhou novamente para o relógio. Leu o caderno de política do Estado de São Paulo e pegou o telefone celular.

— Sim? — A voz de tenor de Ana Claudia estava arrastada, sonolenta.

— Sou eu, Patrícia. Acordei você?

— Claro que acordou, o que aconteceu?

— Eu queria conversar. Nada sério.

— Quer vir até aqui? Preparo um café da manhã especial.

— Chego em meia hora. Não volte a dormir.

***

O edifício antigo na esquina da rua Martim Afonso não tinha vagas de estacionamento para visitantes. Patrícia estacionou numa rua transversal. Demorou dois minutos para percorrer a distância de mais de cem metros. O porteiro abriu a porta do elevador antes mesmo de anunciar sua chegada e avisou que dona Ana Claudia morava no oitavo andar, no apartamento 801.

O elevador deu um solavanco e parou no oitavo andar. A porta do apartamento 801 estava aberta. Ana Claudia vestia um robe azul-claro com detalhes em renda branca. Uma mulher morena acariciava sua cabeleira ruiva. Patrícia interrompeu o passo e esperou. Pensou em Laurel e Hardy transportados de um filme de 1929 para a realidade pós-moderna. Uma dupla harmônica criada a partir das diferenças.

As duas mulheres olharam para ela.

— A coisa deve ser grave pra você aparecer aqui em casa antes das dez. — Ana Claudia riu.

— Desculpe. Eu estava muito ansiosa.

— Esta é a Cristina, minha namorada — ela apresentou. Patrícia estranhou, porque ela não costumava falar de sua vida particular com os colegas de trabalho, mas, pelo visto, Patrícia já podia ser considerada mais que uma colega de trabalho.

Patrícia sorriu e se aproximou.

Cristina tinha ombros largos e cabelo cacheado. Uma juba negra num corpo atlético de pele bronzeada.

— Desculpe, Patrícia, mas eu preciso sair correndo. Estou atrasada.

— Eu é que estou invadindo…

— De jeito nenhum. Aproveite e tome café com a Ana! — Cristina gritou de dentro do elevador.

— Ela vive atrasada. Venha. Coloquei um lugar pra você. Vamos tomar café.

A mesa retangular com tampo de vidro estava lotada. Muitos potes de vidro com tampas prateadas continham todo tipo de farelos, farinhas, granolas e alpistes. Pão caseiro e brioches ao lado de uma broa escura sem glúten. Queijo brie em pequenas embalagens individuais à direita de uma tigela de ricota temperada. Numa jarra de vidro, um líquido verde com aparência suspeita, concentrado na superfície e rarefeito como uma água suja no fundo.

Patrícia notou que não havia muitos objetos espalhados pela casa. Ao contrário do que ela poderia imaginar, a decoração era minimalista. Serviu-se de uma xícara de café com leite, seus dedos longos e magros abraçavam o recipiente.

— Não me olhe com essa cara. Essa coisa verde é suco detox. — Ana Claudia fez uma careta.

— De couve? Tem salsão também?

— Sem risada a essa hora da manhã. Meu cérebro não suporta certas coisas antes do meio-dia. Minha namorada é personal trainer.

Patrícia deu uma gargalhada.

— Não aguentei. Suco de couve?

— Se eu não tomo um copo dessa iguaria antes do café, passo meia hora ouvindo discurso didático da boa saúde. Melhor engolir tudo de uma vez.

— Quem diria. O que você come? Aveia com goji berry e leite desnatado?

— Não abuse da sorte. — Ana Claudia pegou um brioche e passou uma generosa porção de manteiga.

— O que aconteceu?

— Dei de cara num muro de concreto. — Patrícia pegou um brioche, cortou o pão ao meio e abriu a embalagem de brie. Colocou o triângulo inteiro sobre uma das partes e esmagou o queijo com a outra. Deu uma mordida no sanduíche e continuou: — Nas pesquisas sobre o caso Banestado, tropecei no Israel Bank de Nova York. Você se lembra desse nome?

— Claro. Os investigadores descobriram várias contas de laranjas numa agência em Nova York. O que mais você descobriu?

— Ricardo tinha uma conta nessa agência. Não sei se ainda tem.

— Seu marido? O juiz?

— Sim. Meu marido. O juiz.

Ana Claudia devolveu o brioche ao prato e não disse nada. Suas unhas pintadas de vermelho contrastavam com a pele lisa e clara das mãos miúdas.

— Você acha que devo falar com ele? — perguntou Patrícia.

— Manter uma conta num banco nos Estados Unidos não é ilegal.

— Claro que não, mas naquela época não era fácil assim.

— De que época estamos falando? — Ana Claudia mordeu o brioche com delicadeza.

— Éramos recém-casados quando fomos para Nova York. Eu, pela primeira vez. Estava tão maravilhada que não dei importância para a tal conta. Ricardo tinha uma conta na agência do Israel Bank na Quinta Avenida. Não sei quando foi aberta e não sei se ainda existe, mas com certeza já existia antes do nosso casamento.

— Você já viu algum extrato dessa conta?

— Nunca vi, mas a conta existiu. Ele mesmo falou naquela época.

Ana Claudia levantou as sobrancelhas e disse:

— Essa investigação ainda está aberta. Temos como conseguir uma relação de nomes.

— Você pode fazer isso por mim?

— Poder eu posso — Ana Claudia fez uma longa pausa —, mas você já pensou na possibilidade de achar alguma coisa inesperada?

— Ricardo é um juiz respeitado. Deve existir alguma explicação para a abertura da conta.

— Se você realmente acreditasse nisso, já teria falado com ele.

Uma confusão de sentimentos se apoderou de Patrícia: descrença, traição, indecisão; mas, acima de tudo, tristeza.

— E se eu passei todos esses anos vivendo uma mentira deslavada? — disse Patrícia, e deixou cair os braços e os ombros.

— Não vamos atravessar a ponte antes de chegar ao rio. Vou dar um telefonema e conseguir a lista dos correntistas.

CAPÍTULO VINTE E DOIS
DELEGADO CÁSSIO

André clicou no ícone "enviar" e esperou. Poucos segundos se passaram e a frase "sua mensagem foi enviada com sucesso" apareceu na tela. Ele gostaria de ter mais um dia de prazo, mas sabia que era impossível. Queria ter tempo para revirar palheiros atrás das inevitáveis agulhas. O ar gelado que saía das grelhas no teto da sala atingia sua nuca em cheio, enquanto lá fora o calor aumentava a cada minuto. Seu celular vibrou sobre a mesa. Ele viu o nome de Cássio e atendeu no primeiro toque.

— Quer bater uma bola hoje? — começou o delegado.

— Claro. Que horas?

— Seis horas na entrada da academia? Uma volta de aquecimento no parque antes do jogo.

— Não se atrase.

***

Na hora marcada, o sol ainda estava alto. O delegado Cássio estava atrasado. André apoiou o tênis de corrida no meio-fio e forçou o calcanhar para baixo até sentir a musculatura da panturrilha esquerda se estender. Aproveitou o tempo de espera para alongar os músculos das pernas. Corrida nunca tinha sido seu esporte. Preferia uma boa cavalgada no pasto, um jogo de squash ou *beach tennis*. Nunca pensou no esporte como uma competição, mas como uma diversão. Uma forma de vencer a si mesmo, alcançar a bola impossível ou fazer um ponto impensável no jogo anterior.

Cássio se aproximou, caminhando sem pressa. Ele tinha no mínimo um metro e noventa centímetros de altura e pesava quase cem quilos. Suas pernas eram brancas e grossas, e a cintura mais volumosa do que seria desejável na sua linha de trabalho.

— Você está atrasado — disse André.

— Vamos aquecer na pista de corrida? — o delegado perguntou, não dando explicação alguma pelos vinte minutos de atraso.

Os dois atravessaram o estacionamento e subiram um pequeno barranco gramado. Na pista, André começou a correr, mas Cássio segurou seu braço.

— Podemos começar mais devagar? — A intenção do delegado era falar, não correr.

— Quer caminhar? — André fez uma careta.

— Na verdade, quero conversar.

— Aqui?

— Um ótimo lugar. Sem escutas.

— Aconteceu alguma coisa?

— O superintendente vai montar uma força-tarefa — disse o delegado. — As informações da Franciele sobre o Roberto Assad abrem uma estrada para as investigações. Já temos as autorizações para quebra de sigilo telefônico de uma lista enorme.

— Você vai estar na força-tarefa?

— Graças a você.

— A primeira matéria sai neste domingo. Eu não podia esperar. Se pudesse, teria segurado uns dias. Tenho certeza de que essa história tem muito personagem escondido e queria ter mais tempo para procurar.

— Por causa da matéria, sua amiga Franciele deve ser ouvida logo. No início da semana. — Cássio olhou para duas mulheres bonitas que passaram correndo na direção oposta.

— Quanto antes, melhor. Já contratei um advogado para ela, mas vocês precisam garantir imunidade.

— O superintendente já fez o pedido. Não deve demorar, ainda mais com a pressão da mídia, que vai surtar assim que a sua revista começar a circular domingo. A estratégia é fazer o Eduardo Freitas falar. O depoimento da Franciele pode significar a prisão do Roberto Assad e a prova da ligação dos dois.

— Eu conversei com uma promotora do Patrimônio, Patrícia Santos. — André acelerou o ritmo da caminhada.

— Mais uma informante?

— Não. Bati na porta deles e pedi informações sobre o caso Banestado.

— Ela é confiável? — perguntou Cássio.

— Minhas pesquisas dizem que, além de ser muito competente, ela é respeitada no meio.

— O que você descobriu?

Dois patos se banhavam e batiam as asas no lago ruidosamente.

— Quase nada. Mas acho que vou tentar mais um pouco.

— Por quê? Ela é tão bonita assim?

André deu uma gargalhada.

— Isso não tem nada a ver — desconversou.

— Sei que não — disse Cássio com ironia na voz. — É bonita?

— Muito… Mas é casada. Já pesquisei.

Foi a vez de o delegado dar uma gargalhada.

— E daí? Você é solteiro.

— Minha religião não permite — André brincou.

A luminosidade do final da tarde criava um efeito de aquarela na água do lago. O delegado olhou para um carro estacionado na entrada de uma casa em estilo neoclássico. Nas laterais se lia "Segurança".

— Carro manjado. Só tem um cara aí na propriedade. No carro, não tem ninguém. As câmeras são antigas. Precisam melhorar a segurança.

— Você conhece o dono da casa?

— Não.

Um pequeno cachorro da raça Jack Russell latia desesperadamente. Uma menina puxava com força a guia, travando um cabo de guerra com o cachorro.

— Então a promotora bonita não disse nada? — perguntou Cássio.

— Quase nada. Mas eu fiquei com a impressão de que ela queria dizer alguma coisa. Ela não sabia da ligação de Assad com Eduardo Freitas, mas prometeu procurar. Depois, falou sobre as instituições financeiras na época do Banestado.

— Quais instituições?

— Generalizou, não citou nomes.

— Você conseguiu falar com o deputado Alcântara?

— Vou para Londrina. Ele vai passar o fim de semana em casa, e vou fazer uma visita.

— Cuidado. O que você vai dizer? — Cássio deixou escapar um tom de preocupação no timbre da sua voz.

— Acha que eu não conheço meu trabalho?

— Tenho medo de que você espante as raposas. Melhor você esperar uns dias.

— Muito arriscado. Ele pode ser preso antes de falar comigo.

— Isso não vai acontecer. Eu garanto.

Um pássaro passou voando baixo e aterrissou na grama ao lado da pista.

— Vou pensar — disse André. — Agora vamos correr um pouco. Você precisa queimar esses pneus.

Cássio levantou a blusa.

— Onde você está vendo pneus?

André riu e começou a correr em ritmo acelerado.

CAPÍTULO VINTE E TRÊS
UM ENCONTRO

No sábado de verão, a cidade parecia carente de energia. As pessoas funcionavam em baixa tensão. O calor úmido grudava na pele. André saiu do chuveiro e escolheu uma bermuda de algodão fino azul-marinho e um mocassim de couro marrom. Imaginou mais cinco graus de temperatura em sua pele e não teve coragem de vestir uma camisa.

Na pequena sala do flat, abriu seu iPad. Clicou no ícone da revista *Visão* e torceu para que a nova edição estivesse disponível para download. Pegou o celular para ligar para sua editora em São Paulo. Precisavam alinhar as ações dos próximos dias. Havia uma ligação perdida, o que achou estranho. Patrícia Santos queria falar com ele numa tarde de sábado?

Ele ligou de volta e, no primeiro toque, ouviu a voz dela.

— Eu preciso conversar com você — ela foi direto ao ponto.

— Claro. Quando você quiser. — Ele caminhou pela sala com um misto de curiosidade e satisfação.

— Você está ocupado?

— Na verdade, ainda não almocei. Podemos nos encontrar em meia hora para um almoço atrasado.

— Acho ótimo. Também não almocei. Pode ser na Badida? Fica no Batel.

— Vejo você em meia hora.

Ele vestiu rapidamente a camisa e saiu.

***

Uma pequena fila de carros se formara na avenida Sete de Setembro, em frente à churrascaria Badida. Dois funcionários se dividiam entre estacionar os carros que chegavam e entregar os carros daqueles que tinham encerrado o almoço.

Patrícia usava um vestido rosa-claro com corte acinturado. O cabelo solto, escuro e brilhante dava uma impressão de juventude aos traços fortes do rosto dela.

André tinha acrescentado uma camisa de linho branco à bermuda azul sem cinto. Ele estava encostado no balcão do bar, em frente à porta de entrada.

— Obrigada por falar comigo num sábado... — ela começou.

— Na verdade, você me fez um favor. Eu estava sem companhia para o almoço... Pedi uma cerveja. A mesa vai demorar uns dez minutos. Você me acompanha?

O movimento de pessoas era grande. A churrascaria era conhecida pela qualidade da carne e, nos finais de semana, era um bom lugar para ver e ser visto. Patrícia gostava da carne e não se importava em ser vista num almoço de trabalho.

— Prefiro Stella. Obrigada.

A garrafa longneck da cerveja estava esbranquiçada pela baixa temperatura. O primeiro gole do líquido gelado fez André abrir um sorriso largo.

A gerente olhou para seu bloco de notas e avisou que a mesa estava pronta.

Os dois se acomodaram numa mesa perto da janela e pediram o couvert.

— Sei que não viemos aqui para tomar cerveja — ele disse em tom sério.

— Eu preciso confiar em alguém. Espero ter escolhido a pessoa certa.

— Você descobriu alguma coisa nos arquivos da promotoria?

— Sim e não.

O garçom trouxe várias tigelas com azeitonas, berinjelas, cebolas e uma cesta com fatias de pão caseiro e pães de polvilho.

— Não descobri grande coisa nos arquivos, mas encontrei uma investigação nas contas de uma agência específica do Israel Bank, em Nova York.

— E isso é importante?

— Eu já estive lá. — Ela olhou para André. — Meu marido tem uma conta lá — anunciou.

André pegou um pão de polvilho da cesta e desviou o olhar.

— Não entendi exatamente onde você quer chegar. — Ele levantou as sobrancelhas, intrigado.

— Preciso ter certeza de que ele não tem envolvimento em nenhum caso de corrupção — disse ela.

— Se fosse minha mulher, eu simplesmente perguntaria. Mas acho que você não quer fazer isso.

Patrícia demorou para responder.

— Tenho achado Ricardo estranho. Desde que você apareceu fazendo perguntas sobre o caso Banestado, ele tem tentado me convencer de que o assunto não tem mais importância, que estamos perdendo tempo.

— Quando você esteve na agência do banco, não viu que tipo de investimento ele fazia?

— Nunca entrei na agência. Ele fez tudo sozinho.

— Quando foi isso? — Ele tomou um gole de cerveja e desviou o olhar.

— Quase dez anos atrás.

— Pode ser que ele nem seja mais correntista — André falou.

— De qualquer forma, as transações daquela época não evaporaram no ar.

— Seu marido é um juiz federal. Você quer mesmo procurar essa certeza? Você pode acabar encontrando o que não quer.

— Como sabe que ele é um juiz federal? Você me pesquisou? — Ela fez uma careta desafiadora.

— Sou um repórter. — Ele riu.

— Certo. O que mais você sabe sobre mim?

— Promotora muito respeitada... Sem envolvimento em casos nebulosos. Casada, sem filhos. Ameaçada de morte por um traficante chefe de quadrilha, foi transferida para a Promotoria do Patrimônio Público. Ou melhor, vítima de uma tentativa de homicídio, foi transferida para o Patrimônio Público.

— Pelo jeito você é bom mesmo.

— Pelo menos, um dos melhores. E você também é boa mesmo.

— Só sei que você é o novo editor da sucursal do sul do Brasil da revista *Visão* — disse ela.

— Então vou fornecer mais uma informação sobre mim: sou altamente carnívoro. Você divide uma picanha malpassada?

— Pode pedir para dois. Não recuso a picanha daqui. Nem a farofa de ovo.

Ele chamou o garçom e fez o pedido. Olhou para os lados e depois para ela.

— Eu apresentei uma testemunha que viu de perto a operação do doleiro Roberto Assad.

— Testemunha da época do Banestado? — perguntou ela.

— Não. Da operação atual. Roberto Assad é o doleiro principal.

— O mesmo Assad do Banestado. Fez delação premiada naquela época — ela falou para si mesma.

— Continua com o QG em Londrina e tem ligação com o Eduardo Freitas. Minha testemunha tem conhecimento da parceria deles.

Patrícia reparou nas mãos dele. Eram fortes e inquietas.

Dois garçons se aproximaram e serviram duas fatias de picanha e fartas porções de farofa para cada um. André agradeceu e se serviu de salada.

— Por que você me contou tudo isso? — ela quis saber.

— Você confiou em mim. Resolvi confiar em você.

— Vou ajudar, mas quero ir até o fim dessa história. Não consigo viver ignorando um elefante na sala da minha casa.

— Posso perguntar por que vocês não tiveram filhos?

— Ricardo nunca teve muita vontade de ser pai. Sempre vivemos muito focados no trabalho.

— E você?

— Eu o quê? — perguntou ela.

— Nunca pensou em ser mãe?

Ele notou uma sombra percorrer a expressão dela.

— Acho que acabei sendo levada pela maré... — Ela sentiu uma onda de tristeza percorrê-la. Ficou aliviada quando o garçom chegou trazendo mais duas fatias de carne, rosada e suculenta.

Patrícia aproveitou a interrupção para mudar de assunto.

— Você nunca se casou?

— Pensei nisso, mas acho que também fui levado pela maré. Tenho que confessar que sou um grande covarde.

Ela riu.

— Você ainda não esbarrou na pessoa que vai fazer você virar super--herói. Só isso.

— Você encontrou essa pessoa? — ele perguntou, olhando fixamente para ela.

Patrícia devolveu o garfo ao prato e tomou um longo gole de cerveja. Depois de um momento de silêncio, ela disse:

— Encontrei um super-herói, mas acabei virando coadjuvante no roteiro dele... — ela respondeu e pareceu se surpreender com a sinceridade das próprias palavras. Afinal, André era quase um estranho.

— Nenhuma história é eterna. Nem as de super-heróis.

Patrícia pediu mais uma rodada de cerveja.

A churrascaria estava mais silenciosa quando pediram café expresso e uma porção de palha italiana.

Ela tirou uma mecha de cabelo da testa e disse:

— Eu menti. Também pesquisei você.

— Eu sabia. — Ele riu.

— Você veio para Curitiba porque estava sendo processado. Parece que cutucou uma onça grande.

— Grande, mas enferrujada. Eu continuo trabalhando.

— A mudança foi muito ruim?

— Na verdade, não pensei muito nisso. Estou almoçando muito bem, em boa companhia. Acho que a mudança não foi ruim. Morava há seis anos em São Paulo. A cidade é intensa, mas não posso dizer que deixei muita coisa lá.

— Família?

— Mãe e um irmão em Londrina. E outro irmão em Utah.

Numa mesa próxima, só de homens, o tom das risadas era muito alto.

— Também não tenho pai. Foi difícil.

— Meu pai morreu de câncer há dez anos. Depois disso, minha família virou um ringue de MMA. Meu irmão mais velho é médico, tem uma vida de sucesso nos Estados Unidos, mas não se conforma com as loucuras do meu irmão mais novo. Cada vez que vem à Londrina, a guerra recomeça.

— Você é o filho do meio?

— O próprio. O espremido.

— Eu tenho uma irmã mais nova. Uma pessoa muito complicada. Revoltada com a vida, comigo e com o mundo.

— Meu irmão mais velho também vive revoltado, mas não posso dizer que não tem razão. O mais novo é o bebê da casa. Ou melhor, o bebê da minha mãe. Eu jamais ouvi minha mãe dizer um "não" que pudesse fazer o bebê chorar. O homem é um adulto que não respeita ninguém. Não aceita perder o posto que considera seu por direito, porque foi o único que ficou na cidade ao lado da mãe. Até hoje mora com ela. Não consegue sair do casulo.

— E você nisso tudo?

— Eu tenho pena da minha mãe. Ele já perdeu muito dinheiro dela. Acho que, no fundo, ela sabe que errou, mas não consegue mudar as coisas. Ele já tentou confinamento de gado, depois cavalos manga-larga, construiu uma mansão de seis quartos e pista de polo na fazenda e, por último, abriu uma loja de eletrodomésticos que está prestes a falir. Por sorte, tenho uma fazenda de terra espetacular em Paranavaí. Foi a parte da herança do meu pai que consegui salvar. Está arrendada para soja. Tenho medo que minha mãe acabe sem nada.

— Ao contrário de você, a única herança que recebi do meu pai foi a lembrança de um homem doce e alegre. Ele morreu muito cedo. Teve um infarto. Era dentista em início de carreira, não tinha nem seguro de vida.

— Sua mãe nunca mais se casou? — Ele sentiu uma vontade repentina de segurar a mão dela, dizer que estaria ali para protegê-la, mas não se moveu.

— Nunca. Tivemos muitas dificuldades depois da morte dele. Faltou dinheiro para a escola. Eu e minha irmã fomos para a escola pública. Minha mãe precisou trabalhar fora, sem qualificação.

— Quantos anos você tinha? — perguntou André.

— Doze.

— Você foi guerreira. O concurso para a promotoria não deve ter sido fácil.

Patrícia olhou ao redor e notou que os salões da churrascaria estavam esvaziando. Imaginou que o almoço tinha consumido várias horas.

— Mais um pouco e ficaremos para o jantar — ela brincou, sorrindo.

Ele confirmou com a cabeça, mas não fez menção de pedir a conta.

— Preciso ir — continuou Patrícia.

— Ou pedimos mais uma rodada e ficamos para o jantar.

— Desculpe, mas não posso.

O garçom trouxe a conta numa capa de couro e deixou-a no canto da mesa. As mãos de Patrícia e André tentaram alcançar a conta e se esbarraram. Patrícia desviou o olhar e pegou o cartão de crédito na bolsa.

— Foi o nosso combinado no café. Além do mais, você está me fazendo um favor.

— Posso cobrar o favor? — quis saber André.

— Se eu puder pagar...

CAPÍTULO VINTE E QUATRO
SEGUINDO RASTROS

André parou o carro em frente à entrada do prédio envidraçado e entregou a chave ao funcionário do flat. Estava no alto da escada quando sentiu a presença de alguém ao seu lado.

— Cássio? O que você faz aqui? — O jornalista se virou bruscamente.

— Queria falar com você. — O delegado deu dois passos em direção à entrada do prédio.

— Quase me mata de susto — disse André.

— Me convida para uma cerveja? Podemos subir? — Ele olhou para cima.

O apartamento não tinha mais que sessenta metros quadrados. Sobre o tampo de vidro da mesa redonda entre a sala e a cozinha minúscula, havia dois blocos de papel reciclado, um laptop e um iPad. André voltou com uma Corona.

— Tomei minha cota de cerveja por hoje. Esta é sua. — Ele entregou a garrafa e se sentou numa poltrona ao lado do sofá.

— Vi sua matéria. Vai ganhar mais alguns prêmios de jornalismo — disse o delegado.

— Tomara que fique só nos prêmios... sem processos. — André riu.

Cássio se levantou do sofá e foi até a janela. A vista da cidade era espetacular.

— Começou. — Ele se virou e André percebeu a apreensão em seu olhar.

— As investigações?

— Tudo. Fique atento. Telefones grampeados, gente infiltrada, testemunhas perseguidas, guerra nos bastidores. É porrada de todo lado.

— Tanto assim?

— Acho que mais um pouco.

— Pensei no que você falou — disse André —, vou ver minha mãe em Londrina e aproveito pra fazer uma visita ao deputado Alcântara.

— Ele nunca vai falar com um repórter.

— Mas talvez fale com outra pessoa. Eu fico na retaguarda.

— Acho arriscado. Você já fez seu trabalho. Agora é a nossa vez.

— Franciele pode saber mais alguma coisa sobre ele — André insistiu.

— Quero que você me escute. — Cássio olhou fixamente para ele e afundou no sofá. — Ninguém deve saber onde ela está escondida. Nem mesmo eu. Não quero saber. Peça pra alguém comprar um celular pré-pago que não possa ser rastreado e entregue pra ela. Nunca ligue do seu telefone, nem do trabalho. Nós dois nunca vamos falar nesse assunto pelo telefone. Sempre pessoalmente. Durma de olhos abertos.

André ficou parado na porta e viu Cássio sair do apartamento. Seu primeiro pensamento foi que poderia ter colocado Patrícia em risco.

***

Uma hora depois, André chegou ao hotel onde Franciele estava hospedada.

— Gostaria de falar com a hóspede Franciele, quarto 41.

Ele ouviu a voz de Franciele do outro lado da linha, mas a mulher sentada atrás do balcão da recepção foi inflexível:

— Desculpe, mas neste hotel esse tipo de visita está proibido.

— Qual visita? É um amigo antigo. Preciso falar com ele. — Seu tom de voz estava vários decibéis acima do normal.

— Meu conselho é que a senhora converse com ele no nosso lobby.

Franciele soltou o cabelo e passou um batom vermelho demais, antes de chamar o elevador.

— Essa bruxa da recepção não quer deixar você subir. Deve ser uma recalcada.

— Vamos tomar um suco no restaurante. Fique tranquila — falou André.

O restaurante estava vazio. Apenas um funcionário arrumava uma pilha de pratos atrás de um balcão perto da cozinha. As mesas não tinham toalha e a decoração do salão era simples e antiquada, como o hotel. André fez sinal para o garçom e pediu dois sucos de laranja.

— Ainda bem que você veio. Estou ficando doida dentro daquele quarto — ela falou antes de se sentar.

— É melhor assim. Vou te dar um celular pré-pago segunda-feira, mas antes disso não ligue pra ninguém.

— Já estou bem assustada. Não preciso de mais terrorismo.

— Só precaução.

André observou um funcionário que passava e se certificou de que ele tinha entrado na cozinha.

— Até quando fico presa aqui?

— Tenha calma. Você sabe que vai demorar um pouco. Mas eu preciso fazer mais umas perguntas.

Ela assentiu com a cabeça e André continuou:

— Você falou do deputado Alcântara. O que você pode dizer sobre ele?

— Sei quem é, mas o Beto nunca gostou dele. Discutiram algumas vezes.

— Você sabe por quê?

— Minha mãe também não gostava do Alcântara. Dizia que era um pavão. Chamava atenção demais, bebia além da conta e falava pelos cotovelos. Acho que o Beto tinha a mesma opinião. Nunca deixou o deputado aparecer no hotel.

— Você acha que ele falaria com você?

— Não sei. Acho que não. Já deve saber que não estou mais com o Beto.

— Qual é a importância dele no esquema do Assad?

— Ele é o homem do PPB. Dizem que vai ser o próximo presidente da Câmara. Não vale nada, mas tem poder. O Beto discutia com ele, mas nunca passou disso porque sabia que o deputado falava pelo partido.

— Como posso chegar nele? — André passou a mão nos cabelos e continuou: — Tente se lembrar de qualquer detalhe. Você deve ter ouvido falar dele muitas vezes.

— Ele é doido por mulher. Dizem que não passa uma noite sozinho. Paga caro, mas gosta das mocinhas. Passa os fins de semana no Paraná, parece que tem uma fazenda perto de Londrina. Faz festas de arrebentar. Manda buscar a mulherada de helicóptero.

— Drogas?

— Muita bebida. Parece que a turma dele gosta de cocaína, mas a loucura dele são os vinhos caros e mulheres mais caras ainda.

— De onde sai o dinheiro pra tudo isso? — ele afastou o prato vazio repousado na sua frente.

— Uma boa parte sai das contas do Beto Assad. Os entregadores têm trabalho com ele. Não dão conta de entregar tantas sacolas.

— E a mulher dele?

— Vem de uma família rica. Tinham plantação e fábrica de erva-mate no Paraná. Foi tudo vendido, mas a mulher dele é herdeira de uma boa parte. A fazenda onde ele faz as festas é dela. O Beto contou que ela namora o motorista e não passa muito tempo em Londrina. Não está interessada na fazenda nem na vida amorosa do marido.

Franciele abaixou a cabeça e, durante algum tempo, mexeu o suco de laranja com uma colher.

— Sei que a sua situação é muito difícil — André insistiu —, mas quanto antes essas pessoas forem a julgamento, melhor pra você. Enquanto estiverem livres e longe do olhar da polícia e da imprensa, você vai viver aterrorizada.

Ela continuou com a cabeça baixa, os ombros caídos e a testa contraída. Parecia ter envelhecido um ano em uma semana.

— Amanhã mesmo consigo um celular pra você — ele reforçou, depois empurrou a cadeira para se levantar, mas Franciele segurou seu braço.

— Se acontecer alguma coisa comigo, ninguém vai sentir falta — falou baixinho.

Ele segurou a mão dela em silêncio.

CAPÍTULO VINTE E CINCO
DÚVIDA

Patrícia já estava deitada ao lado do marido. O controle do ar-condicionado marcava dezoito graus. Gelado demais para ela, mas Ricardo gostava de dormir coberto até o pescoço. Ela sentiu vontade de dormir no quarto de hóspedes — um quarto que jamais recebera hóspede algum. Ele abaixou o livro quando escutou o som do alerta de mensagem do celular dela. Ela rapidamente estendeu a mão para alcançar o aparelho na mesinha de cabeceira. Ao puxar o cabo do carregador conectado à tomada, derrubou um copo com água e soltou um palavrão.

— Quem manda mensagem num domingo depois das onze da noite? — Ricardo perguntou, sem abandonar a leitura.

Depois de secar a água derramada com o tapete atoalhado do banheiro, ela clicou no ícone do aplicativo de mensagens. Logo, reconheceu o rosto bonito de André na imagem circular ao lado da mensagem:

"Pode falar agora? Precisamos muito conversar sobre um fato novo. P.S.: Adorei almoçar com você. Bjo".

Ela digitou rapidamente, com as duas mãos:

"Agora não. Ligo amanhã".

Alguns instantes se passaram. Ela reprimiu um sorriso e finalizou:

"Também gostei. Bjo".

Certificou-se de que as frases tinham sido devidamente enviadas e se virou para o lado.

Na manhã seguinte, Patrícia acordou antes de ouvir o alarme do despertador do celular. Estava coberta com um edredom, mas sentia o ar gelado nas bochechas. Olhou para o lado e notou a cama vazia.

Ricardo estava de pé em frente ao balcão da cozinha. Apertou um botão na cafeteira e esperou que o líquido espumoso enchesse a xícara.

— Não gostei muito desse café Roma. Da próxima vez, compre o Ristretto.

Lucimara assentiu com a cabeça.

Patrícia viu a revista *Visão* aberta ao lado da xícara. Ela reparou na foto do doleiro Roberto Assad e adivinhou que o marido estava lendo a matéria de André Jardim. A cozinheira ainda arrumava a mesa para o café da manhã do casal quando o juiz saiu apressado para o quarto. Meia hora depois, sem parar de falar ao celular, acenou para Patrícia, avisando que chegaria tarde.

As paredes da casa pareciam se fechar, comprimindo os grandes espaços. Ela pensou num grande volume de ar espesso envolvendo seu cérebro, tornando impossível a clareza dos pensamentos. Lentamente, vestiu uma bermuda de lycra preta e top branco. Pegou um capacete pendurado num gancho na parede da garagem e ajustou o velcro da braçadeira que prendia seu celular no antebraço.

Tinha pedalado mais de dois quilômetros quando ouviu o toque do telefone. Parou a bicicleta numa entrada de carros e deslizou o dedo na tela.

— Oi, Ana. Você se importa se eu ligar daqui a uma hora? Estou pedalando.

— Não esqueça. Andei falando com algumas pessoas que trabalharam naquele processo. Depois conversamos — Ana Claudia respondeu.

— Você consegue chegar mais cedo hoje?

— Consigo.

Patrícia guardou o celular e voltou para a ciclovia.

Nos quinze quilômetros do percurso, sentiu a endorfina inundar seu cérebro. A sensação de angústia deu lugar a um sentimento de serenidade e ela aproveitou o momento de paz, sabendo que seria passageiro. Quando cruzou os portões do condomínio, tinha deixado para trás a impressão de pertencer a uma tribo de miniaturas perdida numa terra de gigantes.

Patrícia abriu a geladeira e encontrou uma garrafa de água de coco. Voltou e pegou a revista, que continuava sobre a mesa. A doçura da bebida irradiava na boca. Debruçada no parapeito da varanda, ela releu a matéria assinada por André Jardim. Imaginou os olhos agitados e o rosto bonito dele enquanto folheava o bloco de papel reciclado e batia nas teclas do laptop.

Afastou a imagem com um longo suspiro, tomou banho e saiu de casa usando um vestido justo, cor de ferrugem.

Encontrou uma vaga do outro lado da rua, bem em frente ao prédio da promotoria. Subiu as escadas, apressada. Ana Claudia já estava acomodada em sua mesa.

— Estava esperando você — ela disse. Ana Claudia usava um coque pontudo no alto da cabeça, como um unicórnio. Não esperou pela resposta de Patrícia e continuou: — Falei com duas pessoas que trabalharam com a gente. Na verdade, eu tive uma espécie de namorada que trabalhava na Polícia Federal naquela época e, ontem, ela me deu algumas respostas. Ela deixou o trabalho na Polícia e se mudou para a Itália. Não aguentou a pressão. Não descobri nada tão importante, mas nunca se sabe.

— Qualquer coisa pode ser importante.

— Eles descobriram muitas transações financeiras. A agência do Israel Bank da Quinta Avenida serviu de passagem. Eles estiveram lá durante as investigações e desencavaram uma lista enorme de empresas *offshore* pertencentes a brasileiros, tudo não declarado. O problema é que, naquela época, a burocracia era monstruosa. Quando conseguiram chegar ao final da cadeia das transações, a maioria dos crimes já estava prescrita.

— Ela lembra de algum correntista da agência?

— Eu não citei o nome do seu marido, se é isso que você quer saber... — Ana Claudia levantou da cadeira e abriu a janela atrás de si. Uma rajada de vento levantou sua saia, mostrando coxas bonitas, grandes e brancas. Ela caminhou até a mesa de Patrícia e continuou: — Uma mulher movimentou grandes quantidades de dinheiro na agência. O nome é Tânia Kitano. Minha amiga acreditava numa ligação forte entre ela e Roberto Assad, mas não conseguiram provar nada. Outro nome de correntista é Letícia Albuquerque.

— Voltamos aos arquivos? — perguntou Patrícia.

— Odeio aquela sala. Me dá rinite — falou Ana Claudia, enquanto caminhava até a porta. Puxou o trinco com força e viu Karina parada ali. — Nossa! Você pode ser atropelada se ficar parada feito poste na frente da porta.

Patrícia imaginou um bote sendo abalroado por um transatlântico.

— Vocês vão voltar para os arquivos? — Karina perguntou.

— Vamos — foi Patrícia quem respondeu.

— Alguma novidade? — Ela arregalou os olhos.

— Talvez... uma mulher que movimentou muito dinheiro na época do Banestado.

— Ela foi processada? — Karina parecia agitada.

— Parece que sim. — Ana Claudia puxou Patrícia pelo braço. — Não quero passar das oito hoje. Tenho um jantar. — As duas andaram apressadas para fora do escritório.

— Precisam de ajuda? — Karina perguntou alto.

— Prefiro que você revise aqueles cinco processos que eu deixei na minha mesa! — Ana Claudia gritou, já no final do primeiro lance de escada.

Ao ver a porta entreaberta, Patrícia ficou surpresa. Ali havia arquivos importantes e talvez confidenciais. Ainda que pouca gente no planeta tivesse algum interesse pelo conteúdo daquelas pastas, era de se esperar que houvesse uma tranca na porta.

As duas promotoras abriram e fecharam gavetas dos arquivos acinzentados. Folhearam páginas de documentos e relatórios. Finalmente encontraram o nome de Tânia Kitano mencionado no registro de um processo contra um dos diretores do Banestado.

— Era dona de uma das corretoras que negociava com o banco — Patrícia leu em voz alta.

— Se era ligada ao Assad, provavelmente era ela quem distribuía os pagamentos — disse Ana Claudia.

— Chegou a ser acusada na Justiça Federal — continuou Patrícia —, mas não se sabe o que aconteceu depois. Pena que tudo isso aconteceu antes da era digital. Se estivesse no sistema, encontraríamos alguma coisa em dez minutos.

— Como o banco era uma S.A. e tinha capital do Estado, muitos processos andavam paralelamente aqui e na Justiça Federal. O problema é que a corretora estava localizada em São Paulo. Mesmo assim, não vai ser difícil achar a sentença. Vamos descer.

Antes que Patrícia fechasse as gavetas do arquivo, Ana Claudia já estava no andar de baixo.

— Karina, por favor, procure este processo. — Ela entregou uma folha de papel cor-de-rosa com um número e o nome Tânia Kitano escrito em letra de forma.

— Vai demorar uns dias — respondeu Karina.

Patrícia pegou seu celular e saiu. Na calçada do lado de fora do prédio, ela encostou a ponta do dedo sobre o nome de André e esperou.

— Eu queria falar com você sobre uma informação nova.

— Vou ficar até mais tarde aqui na revista. Onde podemos conversar? — respondeu ele.

— Passo no escritório da revista às sete.

— Vou mandar o endereço.

CAPÍTULO VINTE E SEIS
INCERTEZAS

Nuvens escuras dançavam no céu do final de tarde. Patrícia sentiu um arrepio de frio, mas decidiu ignorar os sinais óbvios de mudança de temperatura. Um sentimento de urgência tomava conta. Entrou no carro e enfrentou quarenta minutos de trânsito caótico até chegar ao estacionamento Nickel na Marechal Deodoro. Tentando sair do estacionamento, motoristas impacientes formavam uma fila de carros. Uma multidão de pedestres caminhava na calçada, não deixando espaço para que a Land Rover entrasse na garagem. Finalmente, conseguiu entrar no estacionamento. Parou na vaga de *valet parking*, deixou o carro com as chaves na ignição e atravessou a rua. Sentiu os primeiros pingos de chuva.

Avistou a imensa figura de Ray Charles com seus obrigatórios óculos negros e sorriso largo no mural da lateral do Edifício Muralha. Apressou o passo e logo alcançou a entrada do prédio. Ao final de um extenso lobby, parou em frente a um balcão e entregou ao porteiro sua carteira de motorista.

Patrícia viu seu reflexo no espelho do elevador. Soltou o cabelo escuro preso num coque no alto da cabeça e ajeitou a barra do vestido. Uma corrente de ouro branco com um pingente de ônix quebrava a monotonia do traje. Ao abrir a porta do elevador, quase esbarrou em André, que esperava por ela no corredor.

Ele mostrou o caminho até a porta aberta do conjunto 1502. Uma placa discreta ao lado da porta dizia "Revista *Visão*".

— Fiquei surpreso com seu telefonema.

— Também fiquei surpresa por ter ligado — ela falou com a sinceridade habitual —, e mais ainda por você ter desligado na minha cara.

— Desculpe. Eu tive que desligar. Cássio foi categórico: sem telefonemas. — Ele fechou a porta do conjunto atrás dela.

— Você não acha que o delegado está exagerando?

— Acho que ele está nessa vida há bastante tempo e deve ter seus motivos.

Ela desviou o olhar. Foi até a janela e viu parte da cidade quinze andares abaixo. A vista era deslumbrante, mesmo na chuva. Luzes acendiam aleatoriamente e se misturavam à água da chuva, que se dissipava no chão.

De costas, André apoiou o corpo no tampo de sua mesa de trabalho e cruzou os braços. Ele vestia calça jeans, camisa clara por dentro da calça e tênis pretos. Seu maxilar era bem marcado e seus olhos pareciam mais amarelados na luz esbranquiçada da sala.

— Se ele estiver certo, acho que está na hora de ficarmos assustados — disse ela.

— Está na hora — ele falou com voz calma. — O estado de alerta pode ser um grande aliado.

— Você deve estar se perguntando o que estou fazendo aqui.

— Na verdade, estou feliz por você estar aqui. Talvez um pouco curioso também.

— Ana Claudia fez algumas pesquisas e descobriu que uma mulher chamada Tânia Kitano movimentou muito dinheiro na agência do Israel Bank na Quinta Avenida. Era sócia de uma corretora que negociava com o Banestado. Tudo indica que era ligada ao Roberto Assad. Você acha que sua informante sabe de alguma coisa?

— Vou falar com ela, mas acho difícil. Naquela época, era uma criança.

— A menos que tenham mantido a parceria até agora. — Patrícia levantou as sobrancelhas, em dúvida.

— Quando sair daqui, vou direto procurar minha amiga e logo saberemos. — Ele continuava em pé, encostado na mesa.

Patrícia assentiu com a cabeça e deu dois passos em direção à janela.

— Nenhum outro correntista apareceu no radar? — André perguntou.

— Ana Claudia não mencionou o nome do meu marido.

— Entendo.

— Não consigo deixar de pensar que o nome dele poderia aparecer. Me sinto num barco à deriva, embrulhada num nevoeiro sem fim. — A voz dela trazia uma tensão que evidenciava agonia.

O perfil de Patrícia era um borrão de luminosidade refletido na janela.

André reparou que as linhas do rosto dela não eram suaves. A dureza dos traços, o nariz retilíneo e os lábios carnudos se ajustavam com perfeição espantosa. A beleza dela era surpreendente.

Lentamente, ele atravessou os três metros que separavam sua mesa de trabalho da janela. Patrícia não se mexeu. Os sons das buzinas pareciam um zumbido distante. André segurou uma mecha do cabelo dela e, num impulso, beijou os lábios que o atraíam como um magneto.

As mãos dela, indecisas, não sabiam se deviam acariciar ou afastar aquele homem atrevido que beijava uma mulher casada. Ela tentava desesperadamente ignorar os sinais que seu corpo transmitia em ondas de energia. Precisava sair dali, mas sua boca teimava em retribuir o beijo dele.

Seus corações pulsavam em ritmo acelerado e o ar que penetrava em seus pulmões parecia rarefeito.

André sentiu a calça jeans apertando seu pênis, como um instrumento de tortura medieval. Ele passou as mãos pelo pescoço delgado dela e passeou pelo decote discreto, sentindo o cheiro da pele macia e a textura do tecido do vestido.

Patrícia ouvia os sons da respiração dele. A musculatura dos braços que acariciavam seu pescoço se contraía e ao mesmo tempo mantinha uma suavidade que lhe dava um prazer delicado. Ela jogou a cabeça para o lado. Num movimento inesperado, seus quadris encontraram a saliência que teimava em aumentar a pressão contra a calça.

As mãos dele procuraram as coxas dela por baixo do vestido justo.

Patrícia viu seu reflexo na vidraça da janela e deu um passo para trás, hesitante.

— Não posso fazer isso — ela falou quase num sussurro.

André suspirou profundamente e recuou.

— Me desculpe. Eu passei do limite — disse ele.

— Não estou conseguindo pensar. Minha vida está totalmente fora de controle... — ela teve medo de não conseguir conter as lágrimas que se acumulavam no fundo da garganta.

— Eu entendo. Queria poder ajudar você... — ele passou a mão no cabelo e roçou levemente a antiga cicatriz na testa.

— Tenho que ir para casa. — Ela pegou a bolsa que repousava sobre a mesa e andou em direção à porta, seguida de perto por André.

No corredor silencioso, Patrícia fixou o olhar na flecha vermelha que indicava que o elevador estava subindo. André segurou a mão dela com firmeza e falou com voz suave:

— Não quero ser um problema pra você.

— Tenho que achar as minhas soluções — respondeu ela, enquanto André abria lentamente a porta do elevador. — Não podemos deixar de fazer nosso trabalho por causa dos problemas.

— Não vou deixar de fazer o meu trabalho. Amanhã mesmo você vai saber se minha informante conheceu essa mulher que operava no Israel Bank. — Ele não se mexeu. O olhar fixo nela. Alguns instantes se passaram, até que ele fechou a porta.

Patrícia encostou a testa na parede fria do elevador e fechou os olhos. Por mais que ela tentasse, não conseguia arrancar da memória o gosto do beijo de André. Mas precisava voltar para casa e encarar a realidade.

O movimento lento de descida acompanhava o eixo de raciocínio dela, com a compreensão da dimensão do vazio que ela percebia tão claramente pela primeira vez. Queria apertar o botão de subida. Queria sentir o calor da boca daquele homem que fazia seu corpo tremer, mas não conseguia vencer a paralisia imposta pela aliança firmada com uma Patrícia menina do interior, uma Patrícia mulher idealizadora do casamento perfeito.

No térreo, ela saiu do elevador sentindo que seu movimento interior continuava no sentido de descida.

***

O asfalto molhado brilhava na noite. Caminhões circulavam em alta velocidade na rua General Mário Tourinho. O estacionamento em frente ao hotel não estava lotado. André escolheu uma vaga mal iluminada, junto ao muro. O jardim não passava de uns poucos vasos de concreto com palmeiras fênix pálidas.

Não viu ninguém na recepção. Caminhou pelo saguão e esperou. Nenhum funcionário apareceu. Depois de mais dois minutos de espera, ele estava impaciente. Bateu palmas e foi até o restaurante. Finalmente, um homem de meia-idade andou devagar em sua direção e se posicionou atrás do balcão.

— Gostaria de falar com a hóspede do quarto 41. Franciele.

O homem pegou um interfone amarelado pelo uso e, dez minutos depois, Franciele apareceu no saguão. Seu cabelo parecia sujo, grudado no couro cabeludo, e estava preso num rabo de cavalo.

— Não sabia que você vinha. Aconteceu alguma coisa? — perguntou ela enquanto caminhavam até o restaurante.

— O nome Tânia Kitano te diz alguma coisa?

— Lembro do nome, mas não da pessoa. Na época da minha mãe, era operadora bem ativa. Mas não conheço os detalhes da operação dela. Depois que o Beto saiu da prisão, ela voltou a trabalhar com ele.

— Qual era o papel dela?

— Sócia de uma corretora. Recebeu muito dinheiro do Beto. No mensalão, ela fazia a distribuição para várias empresas *offshore*, mas não tenho o nome das empresas.

— A corretora serviu para esquentar e fazer o repasse do dinheiro do mensalão também? Você tem certeza? — André estava agitado.

— Tenho.

— Quem eram os sócios dela?

— Minha mãe achava que o Beto era sócio dela ou de alguma corretora, mas não sei qual era. Eu sempre tive a impressão de que minha mãe tinha ciúme dela, porque Tânia é bonita, do tipo oriental. Mas pelo jeito que o Beto falava, nem gostava muito dela. Eu nunca mandei contrato, nem dinheiro para ela. Nada. Aliás, ninguém do nosso escritório falava com ela.

— Quem falava com ela?

— Na época do mensalão, ela era da turma do deputado Alcântara.

— Queria muito saber se ela ainda trabalha com ele.

— Não sei se ela ainda está no negócio. Posso tentar ligar para alguém no escritório.

André ficou calado, batendo de leve os dedos da mão no tampo da mesa.

— Não. Muito arriscado você falar com alguém do escritório — ele falou num tom distante, levantou-se e foi até o balcão da recepção do hotel. Voltou com um papel dobrado na mão. — Se você precisar falar comigo, ligue para este número.

— Prefixo 43? — perguntou ela.

— É o telefone fixo da casa da minha mãe. Vou passar uns dias com ela. Está com um problema de saúde. Não ligue para o meu celular.

— Quando você volta?

— Devo ficar lá uns três ou quatro dias. Não se preocupe. Vou avisar o Cássio. Ele vai passar por aqui todos os dias.

Na calçada do estacionamento, André pegou seu celular no bolso da calça jeans.

— Cássio? Estou pensando numa corrida amanhã bem cedo.

— Seis e meia no parque?

— Fechado.

CAPÍTULO VINTE E SETE
PLANEJAMENTO

Uma névoa espessa cobria o lago no Parque Barigui. Cássio segurava um copo de café numa mão e um pacote de biscoito recheado na outra.

— Esse é o seu café da manhã? Correr não faz milagres. — André balançou a cabeça em desaprovação.

— Amanhã começo um novo regime, mas agora preciso terminar a refeição mais importante do dia.

Cássio precisou de dez minutos para terminar seu café.

Os dois homens deram os primeiros passos na pista de corrida e André falou:

— Descobri que Tânia Kitano é dona de uma corretora envolvida no Banestado e no mensalão. Ela faz parte do núcleo do deputado Alcântara.

— Sua informante?

— Ela não tem o nome das empresas. Nenhum documento. E não conhece detalhes do envolvimento de Tânia, mas sabe que ela tem ou teve ligação com o Roberto Assad.

— Vou correr atrás.

— Vou passar uns dias em Londrina. Temos que chegar perto de alguém da turma do deputado Alcântara. Tenho certeza de que esse cara está muito perto do olho do furacão.

— Conheço você e já disse para não fazer isso, mas sei que não vai adiantar. — Poucos metros à frente, um casal de patos passeava calmamente na beira do lago.

— Minha mãe mora lá. Filhos visitam as mães.

— O Natal já passou — o delegado falou em tom sério.

— Minha mãe está com saudades.

— Como você vai se aproximar desse deputado? — perguntou o delegado, ofegante.

— Comecei a vida em Londrina. Tenho meus contatos. Vou tentar me introduzir no grupo dele, mas preciso oferecer algum atrativo. Ouvi falar que o ponto fraco são as mulheres e as festas.

— O atrativo mais óbvio é sempre o mais eficiente: mulherada. É seu ramo?

André riu.

— Gosto delas.

— Não vai ser suficiente. Se você vacilar, eles descobrem no ato. Não posso mandar proteção.

— Não sou exatamente um ilustre desconhecido. Não acredito que essa gente seja capaz de sumir comigo.

— O que só comprova minha tese: você não sabe o que faz. Quando as pessoas poderosas se veem ameaçadas de perder tudo, são capazes de qualquer coisa. Inclusive sumir com você.

— Não posso deixar passar.

— Mas tome cuidado. Falo sério. Dê um jeito de falar comigo todos os dias. Só ligue para o número que eu passei. Nada de heroísmo.

Ao final de uma volta no parque, Cássio avisou que estava atrasado para o trabalho.

— Uma volta? Faça o favor… — respondeu André.

— Estou morto — o delegado admitiu.

— Continue comendo biscoito doce no café da manhã.

— Amanhã só chá verde. — Cássio riu e se afastou.

Os dois se despediram e André continuou a corrida.

Um homem musculoso fazia exercícios de alongamento no gramado. Ao seu lado, um buldogue inglês observava os movimentos de braços e pernas sem grande interesse.

André pensou em Patrícia. Tentou se concentrar na corrida. Tentou definir uma estratégia de aproximação com o deputado Alcântara. Mas o rosto dela teimava em invadir seu pensamento.

Ele acelerou as passadas e varreu as feições dela da cabeça. Ao final de três voltas, parou em frente a um carrinho de água de coco.

Ligou para a mãe e logo vieram as perguntas de costume. Ele se afastou, levando o coco.

— Estou ótimo, mãe. Achei um flat muito bom. Vou passar o fim de semana com você. Sim, vou de carro.

Entre um gole e outro de água de coco, ele começou a traçar planos para a investigação que pretendia empreender em Londrina.

CAPÍTULO VINTE E OITO
LIGAÇÕES PERIGOSAS

Sentada na varanda, Patrícia olhou para a mesa redonda e reparou na composição de pratos, xícara, potinhos e um aquário recheado de flores roxas que flutuavam na água. Formavam um desenho geométrico perfeito.

Viu um alerta de quarenta mensagens no grupo de juízes e promotores da Vara Criminal de Santa Cândida. As últimas dez postagens comentavam uma notícia divulgada pelo UOL: uma bomba que faria tremer os gabinetes do poder judiciário.

Segundo o site, o ex-marido da advogada Roberta Batista forneceu à Procuradoria-Geral da República informações comprometedoras contidas no HD da ex-mulher (o casal está em processo de divórcio litigioso). Na separação, o ex-marido ficou com um terabyte de cópias de contratos, gravações de conversas e mensagens telefônicas e, obviamente, movimentações bancárias. Roberta alega que os arquivos foram roubados por ele. Segundo o ex-marido, porém, o HD foi entregue muito antes da separação, para que fosse guardado em lugar seguro, num momento em que a ex-mulher temia virar alvo da Operação Lava Jato. Ainda segundo o ex-marido, a especialidade da advogada é "atuar nos bastidores". Ela cresceu em meio a famílias do alto escalão dos tribunais brasilienses. Sua mãe, a desembargadora Maria Silvia Batista, costumava receber a nata do Judiciário, inclusive um ministro do Supremo Tribunal Federal, em jantares no seu apartamento em Brasília. A advogada Roberta Batista, é claro, figurava entre os convivas.

Patrícia tomou um gole de café frio e mastigou uma fatia de queijo sem sentir o gosto, enquanto consumia detalhes da notícia.

No final da tarde de quarta-feira, na véspera do feriado da Independência, a Procuradoria recebeu mais uma bomba em seu setor de protocolo: centenas de documentos, na forma de áudio, e-mails e mensagens que sugeriam que a Santo Antônio Energia, ao contrário do que contou em sua delação, tentou, de forma sistemática, comprar decisões em tribunais superiores em Brasília. Havia dezenas de conversas mantidas entre o diretor jurídico da Santo Antônio e uma advogada que trabalhava para a empresa, Roberta Batista. Na troca de mensagens, os dois traçavam estratégias para obter decisões favoráveis à empresa — seja por meio de "pagamentos em espécie", como eles próprios definiam, seja por meio de tráfico de influência — em processos sob relatoria da desembargadora federal Maria Silvia Batista e de pelo menos três ministros do Superior Tribunal de Justiça, um deles identificado como o ministro Mario Williams.

10 de novembro

Advogado: Você conhece alguém no Mario Williams?
Roberta: O próprio.
Advogado: Mas conhece MUITO BEM??
Roberta: Muuuito bem.
Advogado: Preciso de uma cautelar numa liminar dele antes do final do mês.

16 de novembro

Roberta: Bom dia. Vou ter hoje uma reunião sobre a MC de relatoria do Mario. Não gostaria de ir sem um valor de honorários. Assim evito receber uma proposta exorbitante.

17 de novembro

Roberta: Ele sugeriu 500 na MC e 1 mi no RESP. Eu disse que a previsão que eu tinha não chegava a esses valores. Ele pediu para eu propor esses valores como honorários. Ele acha que vc não sabe da participação dele... Entendeu? Pagamento em espécie.

Patrícia preparou mais uma xícara de café com leite e duas colheres de açúcar, pegou seu laptop e subiu. Nos degraus da escada, precisou equilibrar a xícara cheia demais. Entrou no escritório e colocou o recipiente sobre a escrivaninha. Os móveis e objetos ao redor tinham cheiro de riqueza.

Abriu o laptop e clicou no ícone do UOL. As contas de e-mail de Ricardo e Patrícia estavam no mesmo servidor, numa conta única.

Ela digitou o nome de usuário do marido e fechou os olhos. Nunca tinha tentado adivinhar sua senha. Nem mesmo como um exercício de diversão. Fez algumas tentativas, sem sucesso. Nem a palavra "Patricia" desbloqueou a página. "Gypsy" estava fora de questão. Ricardo jamais daria tanta importância à cachorra. Duas horas se passaram. Patrícia procurou nas gavetas e nas caixas, mas não encontrou números ou qualquer anotação que pudesse servir de senha. Olhou para a foto do casal de noivos no porta-retratos e digitou os números da data do seu casamento.

A tela mostrou a caixa de entrada do juiz Ricardo.

Cento e noventa e dois e-mails não lidos.

Ela tentou a busca de mensagens relacionadas a Santo Antônio em todas as pastas.

Nenhuma mensagem encontrada.

Em seguida, digitou o nome Roberta.

Mais de vinte mensagens apareceram na tela. Patrícia leu todas. Uma gerente do banco Santander se chamava Roberta e enviava, com frequência irritante, material publicitário sobre fundos de investimento e lançamento de cartões de crédito sem limite de gastos.

Quase uma hora mais tarde, Patrícia continuava a pesquisa, sem sucesso.

A palavra "reunião" produziu várias páginas de mensagens. Ela começou a leitura pelas mais recentes. Na sexta página, abriu um e-mail da pasta da lixeira. Nenhum nome no remetente, apenas letras numa combinação aleatória. Num único parágrafo, o remetente agradecia o juiz por tê-lo recebido em seu gabinete e pela atenção dedicada à sua causa. Fazia também um convite informal para um jantar em Brasília, no apartamento da desembargadora Maria Silvia Batista.

Patrícia procurou outras mensagens enviadas pelas mesmas quatro letras. Na oitava página, um pedido de agendamento de reunião sobre a possibilidade de apresentação de documentação sobre o acordo firmado entre a empresa Santo Antônio e a força-tarefa da Operação Greenland.

"Onde você está? Não vem trabalhar?"

Era a terceira mensagem de Ana Claudia no WhatsApp.

Patrícia procurou detalhes da Operação Greenland e ignorou o celular.

Mais uma frase contendo a palavra-chave que ela procurava apareceu no radar. Hipnotizada, ela grudou o olhar na tela.

A operação investiga suspeita de fraude nos fundos de pensão Previ (do Banco do Brasil), Petros (da Petrobras) e Postalis (dos Correios). A investigação começou por causa de casos de déficits bilionários apresentados pelos fundos. As irregularidades envolveriam uma startup ligada ao grupo Santo Antônio, do Paraná. Por causa da operação, a Justiça bloqueou os bens dos proprietários da Usina Santo Antônio.

Ela releu as últimas frases tentando digerir as informações. Pensou no quanto sua vida estava desconectada da realidade. Desligou o computador e saiu apressada, sem almoçar.

CAPÍTULO VINTE E NOVE
FAMÍLIA

André acomodou uma garrafa pequena de água mineral Ouro Fino no porta-copos do console do Audi e olhou para o relógio. Faltavam poucos minutos para as sete. Ele pretendia chegar na casa da mãe antes do almoço. Seriam quase quatrocentos quilômetros de estrada até Londrina. A colheita da soja no interior do Paraná enchia as estradas de caminhões carregados de grãos que seriam embarcados nas docas do Porto de Paranaguá. O excesso de chuvas tinha derrubado trechos do asfalto no mês anterior. Ele teria sorte se conseguisse chegar em casa antes da uma da tarde.

Quando finalmente entrou na avenida Higienópolis, pensou no pai. Sentiu o vazio da saudade e, ao mesmo tempo, o alívio das lembranças da antiga casa da fazenda. Ele podia ouvir a respiração dos cavalos e ver a figura do pai cavalgando na frente, sempre seguido de perto pelos três filhos. Marcelo, o mais novo, num esforço constante para ganhar uma competição inexistente contra André, que queria apenas galopar e absorver o vento e o cheiro do mato.

Faminto e cansado, ele abriu o vidro do carro e apertou o botão do interfone. Um grande portão de ferro se abriu. O condomínio era um dos mais antigos da cidade, mas continuava bem cotado na lista dos imóveis mais valorizados.

144

A casa não era imponente, mas tinha personalidade. Seus tijolos aparentes e vigas de madeira lhe conferiam um aspecto antiquado e único.

André estacionou o Audi na entrada da garagem e entrou na casa pela porta dos fundos. A mesa estava arrumada. Três pratos, três copos, três guardanapos. No fundo, ele tinha esperança de que o irmão Marcelo estivesse viajando ou, pelo menos, trabalhando até a hora do jantar. Estava cansado demais para enfrentar as inevitáveis discussões já na chegada.

— Meu filho! Eu já estava preocupada. A estrada está horrível. — A mãe o abraçou e beijou.

— Faz tempo que você não aparece por aqui. — Marcelo apareceu de surpresa.

O almoço foi servido: cordeiro assado com molho de hortelã. O jogo de porcelana era o mesmo de outros tempos. Sua mãe costumava escolher as travessas com relevo de limões sicilianos sempre que reunia pessoas queridas ao redor da mesa de almoço.

— Na semana passada, uma colheitadeira passou dois dias atolada no Retiro do Padre. Essa chuvarada fez um estrago danado — a mãe contou, enquanto servia batatas no prato de André sem perguntar se ele as queria. Velhos hábitos nunca morriam.

— Eu tenho acompanhado — respondeu ele.

— Você não está com esses problemas em Paranavaí — Marcelo falou com uma ponta de ironia.

— Estão começando a colher. Choveu bastante depois do plantio, mas parece que vamos ter boa produtividade.

— Não entendo por que você arrendou — continuou o irmão.

— Eu morava em São Paulo. Horário de trabalho maluco na revista. Não tenho como acompanhar a lavoura — André repetiu a mesma explicação pela vigésima vez.

— Eu podia cuidar pra você — Marcelo insistiu, como se o irmão tivesse obrigação de reconhecer sua superioridade como produtor de grãos.

— Você já tem trabalho demais aqui em Londrina — a mãe interrompeu.

— Esse carneiro está maravilhoso, como sempre — disse André, tentando encerrar um assunto que já havia sido discutido até a exaustão inúmeras vezes antes.

— O aprisco despencou. Um vendaval destruiu o telhado e as telas. Acho que vamos ter que contratar gente de fora para refazer — falou a mãe.

— Eu já cansei de dizer para acabar com essa carneirada. Só dá trabalho e prejuízo, mas a Dona Dirce aqui não abre mão do churrasco de carneiro, mesmo que custe vinte vezes o que custa no açougue — Marcelo argumentou.

— O pai sempre dizia que a carne do nosso carneiro tinha um sabor especial, ainda mais se viesse acompanhado de hortelã da horta — André saiu em defesa da mãe.

— Um funcionário contratado somente para cuidar da horta e do jardim. Tenho que administrar um clube dentro da fazenda — insistiu Marcelo, em tom de reclamação.

André se serviu de limonada e não resistiu a fazer uma pequena provocação em represália ao eterno tom desafiador do irmão.

— Mas me conte da loja. Como vão as coisas?

— Mais ou menos. Sem crédito, o povo não compra.

— E você ainda quer mandar embora os funcionários da fazenda.

— Chega de negócios. — A mãe levantou os braços. — Quero saber todas as novidades de Curitiba.

André queria entender como sua família tinha se desintegrado. Em que momento se tornaram estranhos? Tantas brincadeiras de criança e tantas confidências pareciam um filme em preto e branco esquecido no passado, enquanto a mágoa e a intolerância eram quase palpáveis nas reuniões de família.

Cansado das mesmas frases e das mesmas insinuações repetidas pelo irmão, ele se desculpou, foi até o jardim e pegou o celular. Na agenda, encontrou o número de uma antiga namorada e de um amigo de faculdade. João Carlos era dono de uma agência de publicidade e Maria Tereza tinha se transformado na assessora de imprensa por excelência. Conhecia muita gente importante, frequentava eventos insuportáveis e usava suas conexões para notinhas na imprensa e nos blogs mais visitados.

O encontro foi marcado.

Na hora combinada, André e João Carlos estavam na porta da churrascaria Galpão Nelore. Escolheram uma mesa bem localizada, pediram uma garrafa de vinho tinto chileno e tomaram a primeira taça enquanto esperavam por Tereza.

Ela chegou despenteada, alguns quilos acima do peso, carregando uma bolsa enorme pendurada no ombro. Abraçou André como se não o visse há mais de trinta anos.

Os três atacaram o bufê de saladas.

Pediram a segunda garrafa de vinho.

— Preciso confiar em alguém — começou André.

— A coisa parece séria — disse João Carlos.

— É séria, sim. Eu vim até Londrina pra tentar me aproximar de um deputado daqui.

— Matéria nova? Mais um prêmio? — perguntou Tereza.

— Talvez mais um processo. — André riu e continuou: — Já temos muita informação, mas ainda existem buracos demais. Sei que esse deputado está envolvido até a medula com um doleiro operador num esquema grande de corrupção.

— E você precisa chegar nele... — disse ela.

— Preciso.

— Antes que você continue, tenho que dizer que minha agência já fez várias campanhas políticas. Vocês dois sabem disso — disse João Carlos.

— Não quero criar problemas pra vocês — André respondeu, sacudindo a cabeça.

— Eu não posso entregar ninguém porque tenho medo de cair junto. Nunca me preocupei em saber o que meu sócio fazia. Sempre fui o homem da criação. Não me dou bem com clientes. Confundo nomes e nunca acerto os assuntos da moda.

— Vocês não dividiram a agência? — Tereza interrompeu.

— Cada um seguiu seu rumo. Eu saí da política, mas o que aconteceu até o ano passado continua lá.

— Você trabalhou na campanha do deputado Alcântara? — André ergueu as sobrancelhas, num gesto de evidente surpresa.

— Não. E alguma coisa me diz que devo dar graças a Deus por isso.

— Eu já organizei alguns eventos pra ele — disse ela.

— Que tipo de evento?

— Festa de formatura da filha. Ele precisava de uma lista de convidados respeitáveis e muita cobertura da mídia.

— Só isso?

— Ajudei a sumir com uma matéria sobre o filho dele. O menino surtou numa festa e bateu na namorada. O irmão da menina queria divulgar o vídeo na internet. Fiquei devendo favor pra meio mundo pra segurar a onda. Mas ganhei um bom dinheiro. A menina saiu com um carro popular de presente do sogro e ainda voltou com o namorado uma semana depois.

— Você tem contato com ele?

— Trabalho em parceria com o Jô Duarte, marqueteiro do deputado. Lembra dele?

— Não lembro — respondeu André.

— Fez a última campanha para o governo de Santa Catarina.

— Sei. A grande virada. — Ele deu uma garfada de farofa e fez um movimento afirmativo com a cabeça.

— Isso.

— Não lembrava que ele era daqui.

— Um pouco mais velho que nós. Mesma faculdade — respondeu Tereza.

— Eu soube que o deputado gosta de fazer umas festinhas.

— *Adora*.

— Também gosta de vinhos caros e mulheres mais caras ainda — interrompeu João Carlos, um meio sorriso nos lábios.

— Preciso entrar nesse grupo — André falou, quase divagando.

— Muito difícil. Se você fosse mulher, jovem e linda, talvez tivesse uma chance. Além do mais, você virou celebridade depois do processo. Político nenhum quer você por perto.

— Podemos infiltrar alguém — insistiu André, coçando a cicatriz na testa.

— Você cheirou cola? — João Carlos sacudiu a cabeça. — Quer nos matar? Essa gente não brinca em serviço.

— João tem razão — disse ela.

— Fale com alguém da Polícia Federal. E saiba falar com a pessoa certa — disse João Carlos.

— Tenho alguém lá.

— Então envolva a polícia e saia fora. — Tereza tomou um longo gole de vinho.

— Tenho que encontrar alguma prova, ou pelo menos um indício muito forte que levante a lebre. Um caminho. Entende?

— Entendo — ela falou. — Conheço você. Sempre certinho e sempre destemido. Desde os tempos da faculdade. Achei que o tempo tivesse te transformado, mas parece que só nós, os mortais, mudamos. Ou melhor, nós despencamos na realidade.

— Você quer dizer que isso tudo não parece real para os mortais? — André cruzou os talheres e olhou para ela.

— Quero dizer que a nossa realidade é egoísta e cínica. Nosso mundo ficou pequeno demais, enquanto você continua a enxergar sem os filtros que a vida nos impôs.

Ela respirou fundo e continuou:

— E tem mais.

— Mais?

— Você continua lindo. Sempre foi o mais bonito do prédio de Ciências Humanas, e nem percebia o olhar das meninas.

— Percebi os seus olhares. Não era tão burro. — Ele riu.

— Não eram olhares. Eram socos no estômago. Depois de um ano, você foi praticamente obrigado a namorar comigo por um tempo.

— Sempre achei isso uma grande injustiça. — João Carlos riu. — Eu nunca deixei passar um olhar sequer.

— Talvez por não serem tantos... Desculpe, João. Bola na cara do gol.

Os três riram.

— Essa é a Tereza que nós adoramos — disse André.

— Fale por você — João Carlos brincou e tomou um gole de vinho.

— Por tudo isso, acho que eu preciso fazer alguma coisa. Às vezes não me reconheço, sabe? Onde foi parar aquela outra Tereza? Um

149

tubarão engoliu? — Ela chamou o garçom, pediu a segunda garrafa de vinho e continuou: — Ando com vontade de fazer o tubarão vomitar, ou pelo menos causar uma pequena indigestão.

— E como você pretende fazer isso?

— Conheço uma mulher. Não é daqui. Pagou os estudos em São Paulo fazendo programas. Nos conhecemos numa viagem de navio pelo Caribe. Passamos uma semana completamente embriagadas numa banheira cheia de velhos e crianças. Ela se estabeleceu no interior. Trabalha numa clínica de fisioterapia, mas costuma fazer alguns trabalhos por fora quando a grana é boa.

— Você confia nela?

— Posso dizer que temos aprontado por aí há quase dez anos. Não tenho motivos para desconfiar.

— Vou ficar devendo essa por longos anos — André falou.

— Vou pensar numa maneira de cobrar. Não se preocupe.

— Sinceramente, não sei se estou pronto para brigar com o tubarão. Tenho filhas pequenas, fiquei sozinho na agência e sofro de insônia, hipertensão e gastrite. Acho que não aguento a pressão... — João Carlos apoiou os cotovelos na mesa e abaixou a cabeça.

— Entendo perfeitamente. Tereza e eu não temos filhos.

— Somos espíritos rebeldes. — Tereza sorriu.

— Acha que temos cura? — perguntou André.

Ela fez uma careta e disse:

— Vou ligar para a minha amiga e falo com você amanhã.

— Passo no seu apartamento. Melhor não conversarmos pelo telefone.

— Não sei se eu quero me curar. Espero você amanhã.

André se ofereceu para pagar a conta. Os três voltaram para suas casas remoendo o assunto mais importante do jantar.

CAPÍTULO TRINTA
A LAVANDERIA

Várias pastas estavam espalhadas sobre a mesa de Patrícia. Um prato de sobremesa guardava os restos de um cheeseburger e uma xícara de café frio permanecia esquecida num canto, distante do laptop.

Mechas de cabelo rebelde fugiam do rabo de cavalo e caíam sobre o rosto dela. Estava tão concentrada no conteúdo de uma das pastas que não percebeu o corpo de Ana Claudia se inclinando de um lado para o outro em frente à sua mesa, como um pêndulo de cabeça ruiva.

— Posso saber o que você achou de tão bom nessa pasta?

— Você me assustou. — Patrícia estremeceu. — Parece um fantasma.

— Sou uma pessoa leve — disse Ana Claudia, sem sorrir.

— Estou lendo tudo que existe aqui sobre os processos que envolveram o Banestado.

— Tem bastante coisa.

— Tem. Cheguei cedo.

— Pedi pra Karina procurar na internet. Até nas redes sociais. Pensei que podem ter alguma ligação que não apareceu naquela época, mas pode aparecer agora.

— Estamos atirando pra todos os lados, mas não custa tentar.

Cinco horas depois, Patrícia continuava concentrada nas folhas de papel empilhadas e espalhadas como peças de um jogo. Sua testa franzida entre as sobrancelhas formava uma linha delgada.

— Karina, você encontrou alguma coisa? — Ana Claudia levantou da cadeira como um Boeing decolando de uma pista para monomotores.

Karina se mexeu na cadeira.

— Nada na internet. A maioria não tem Facebook, nem Instagram. Acho que não querem aparecer.

— Eu também não teria perfil no Facebook se fosse dessa turma. E o processo da Tânia Kitano?

— Pedi o inteiro teor. Amanhã deve estar pronto.

— Quero uma cópia impressa — Ana Claudia falou.

Patrícia jogou a cabeça para trás e os braços para o lado, numa tentativa de compensar a musculatura pelo excesso de tempo de contração.

— Achei umas anotações sobre um processo que envolve Tania Kitano. Ela foi ouvida no processo. A corretora dela chegou a negociar alguns precatórios para Eduardo Freitas, mas não sei se existia uma ligação maior entre eles.

— Se existe, posso apostar que o Assad estava junto.

Patrícia fechou os olhos, passou a mão no queixo e falou:

— Estranho, mas não existe nada contra o Eduardo Freitas na delação do Roberto Assad em 2004. Passei a limpo toda a lista de doleiros e não vi o nome dele. André disse que o Assad acaba de cair do cavalo nas gravações das escutas telefônicas que foram instaladas depois da quebra de sigilo dos postos de gasolina em Brasília. Conversas comprometedoras entre ele e Eduardo Freitas.

— Mas em 2004 o próprio Assad entendia o seu papel de doleiro dos doleiros — completou Ana Claudia.

— Por isso mesmo achei estranho. Por que ele apontou o dedo para tantos outros doleiros e deixou esse de fora? Sei que eles tinham uma ligação. Talvez sejam sócios tentando se preservar.

Karina entrou na sala trazendo um pacote de Oreo. Ana Claudia não esperou que ela oferecesse o biscoito e tirou duas bolachas da embalagem azul.

— Talvez — Patrícia disse para si mesma.

— Qual é a participação dele nos negócios da corretora?

— Essa corretora chegou a movimentar mais de cem milhões de dólares. Comprava e vendia títulos públicos, sempre com lucro estratosférico. Usava contas bancárias de laranjas. A corretora também fazia o pagamento de propina para os deputados da base aliada. Para tudo isso, precisava dos serviços de algum doleiro.

— Do doleiro dos doleiros — disse Ana Claudia.

— Muito provável. Precisavam fazer esses pagamentos em contas lá fora. Na época, os paraísos fiscais mantinham as contas secretas blindadas e inacessíveis.

O som dos biscoitos sendo triturados interrompeu o pensamento de Patrícia.

— E agora esse mesmo Eduardo Freitas cai na Lava Jato. Por emprestar um avião para o deputado Darcy Vargas — continuou Patrícia.

— E carrega junto o Roberto Assad nas conversas do lava carros que deu nome à Operação Lava Jato. A história sempre se repete — disse Ana Claudia.

Patrícia digitou o nome Eduardo Freitas na busca e esperou pelo milagre. Várias fotos estavam disponíveis. Alguns cliques aumentaram as imagens. Ela fixou o olhar numa fotografia antiga. O rosto do homem de terno e gravata estampado na tela teimava em parecer familiar.

— Vou me concentrar nele — Patrícia falou sem tirar os olhos da tela.

Karina olhou para a imagem.

— Quer que eu procure alguma coisa no arquivo?

— Não precisa. Já fiz isso.

— Achou alguma coisa? — ela insistiu.

— Nada.

Ana Claudia continuou a triturar as bolachas enquanto mexia nas pastas espalhadas pela sala.

Patrícia permanecia em silêncio.

Karina digitava algum texto de maneira frenética.

Pacotes de bolacha foram consumidos. Saladas e sanduíches foram devorados. Horas se passaram.

— Vou pra casa. Estou muito cansada. — Mal terminou de falar, Patrícia pegou sua bolsa e saiu sem dizer mais nada.

No carro, ela ligou a função *bluetooth* e deu a partida.

O sinal de chamada soou alto. Depois de alguns toques, ela ouviu a voz do delegado Cássio.

— Sim?

— Delegado Cássio, aqui quem fala é a promotora Patrícia Santos. Gostaria de conversar... — Em assuntos de trabalho, ela costumava usar seu nome de solteira. Não precisava de reconhecimento por ser a esposa do grande juiz Cunha.

— Qual é o endereço da Promotoria? Consigo encontrar a senhora em uma hora.

— Saí mais cedo. Podemos nos encontrar no Santo Grão da Livraria da Vila?

— Onde fica?

— No shopping Pátio Batel.

— Estarei lá em uma hora.

***

Na entrada da livraria, revistas cobriam as duas paredes laterais. Pessoas procuravam seus assuntos de interesse nas capas coloridas. Ela pegou a última edição da revista *Veja* e escolheu uma mesa do lado de fora, ao lado da saída para um bonito jardim.

Pediu um chá de hortelã e folheou a revista, procurando notícias recentes sobre os protagonistas dos últimos escândalos políticos.

Um homem grande parou na sua frente. Ela levantou a cabeça.

— Patrícia Santos?

Ela não respondeu.

— Procurei no Google.

— Foi mais inteligente que eu. — Ela riu e fez sinal para que o delegado se sentasse.

Ele olhou ao redor e reparou que não havia ninguém nas mesas próximas. Pediu uma Coca-Cola Zero e uma porção de pães de queijo.

— André Jardim deixou seu telefone antes de viajar.

Cássio assentiu e esperou.

Ela abriu a boca, mas não disse nada.

— André disse que podia confiar na senhora — começou o delegado.

— Ele me procurou. Queria informações da época do escândalo do Banestado. Muitos nomes se confundem com os escândalos de hoje.

— A senhora descobriu alguma coisa?

— *Você*, por favor — ela pediu.

— Certo.

— Descobri muito pouco.

— Desculpe, mas não entendi o motivo do seu telefonema.

— Esbarrei no nome de Eduardo Freitas. Ele não aparece na delação do Roberto Assad, mas a ligação entre eles é forte.

Os dois jogavam a isca, tentando pescar alguma informação.

— O nome Tânia Kitano significa alguma coisa para você? — Ela deu um gole de chá feito de folhas naturais e sentiu o aroma delicioso que emanava da xícara.

— Talvez. Era dona de uma corretora, provavelmente sócia do Assad. Estou tentando estabelecer uma conexão entre os três — respondeu o delegado.

O delegado tomou a Coca-Cola como se tivesse atravessado o deserto e continuou:

— O Eduardo está negociando uma delação. Os advogados sabem que ele não tem saída. Ela não era dona. Nunca foi sócia deles. Era laranja.

— Você pode adiantar alguma coisa da delação? — perguntou Patrícia.

— Você sabe que não posso. Já falei demais.

— Pode responder se existe alguma investigação envolvendo membros do Poder Judiciário? Uma desembargadora ou algum ministro?

— Só rumores.

— Você tem algum detalhe sobre esses rumores?

Ele se calou.

— André ainda está em Londrina? — ela quis saber.

— Foi visitar a mãe.

— Preciso falar com ele.

— Melhor não falar no celular.

— Entendo.

CAPÍTULO TRINTA E UM
O PLANO

André tirou a jaqueta de couro. Fazia calor em Londrina. A sala do apartamento era pequena, mas bem decorada. O ar-condicionado trabalhava sem fazer ruído.

Tereza abriu a porta com um sorriso estampado no rosto.

— Entre. Venha conhecer minha amiga Maria Vitória.

A mulher se levantou do sofá de couro preto. Suas pernas compridas estavam à mostra, escapando da saia jeans curta e justa.

— Obrigada por ter vindo. — Ele se aproximou.

— Não vim só por amor à pátria. — Maria Vitória riu. — Estou precisando pagar umas contas atrasadas.

— Estou disposto a fazer esse pagamento sem nenhum problema — disse André.

— Prefiro cobrar diretamente do senhor deputado.

— Eu já expliquei a situação — Tereza interrompeu.

— Eu insisto em pagar pelo menos as suas despesas de transporte e hospedagem.

— Ela é minha hóspede. — Tereza foi até a cozinha e voltou com uma bandeja com três latas de Coca-Cola e copos de vidro.

— Depois falamos de despesas. — Maria Vitória abriu uma lata e viu o líquido negro espirrar na sua camiseta branca.

Tereza trouxe alguns guardanapos de papel.

As duas mulheres se esparramaram no sofá, e André afundou numa poltrona.

— O que você acha? Ela não é o máximo?

Maria Vitória deu uma gargalhada e jogou a cabeça para trás.

— Tenho que concordar. — André também riu e continuou: — Mas como vamos introduzir uma estranha no grupo do deputado?

— Eu consigo organizar uma festinha. Essa turma está acostumada com isso — disse Tereza. — Gente interessada em fazer negócios com eles arruma qualquer pretexto para bajular.

— Você precisa de quantos dias?

— Três dias. Fecho um bar e dou uns telefonemas. Nada demais.

— E Maria Vitória se aproxima do deputado Alcântara.

— Sim. Ele gosta de mulheres altas e desinibidas. Vai cair de quatro pela Vitória. — Tereza foi categórica. — Posso colocar um pouco de veneno para aumentar a temperatura. A turma gosta de umas balinhas. E se gabam de fazer loucuras sexuais nessas noitadas.

— Sei o que fazer. Ele mora com a mulher? — perguntou Maria Vitória.

— Na teoria, sim, mas a mulher vive viajando pelo mundo. Tem um apartamento em São Paulo, e ele passa o tempo entre Brasília e Londrina — respondeu Tereza.

— Ou seja, só fachada — disse André.

— Ele não parece preocupado.

— Você não deve fazer perguntas, nem falar sobre qualquer assunto que possa ter relação com as nossas suspeitas — continuou André.

— Tenho que entender o que vocês precisam.

— Informações. Precisamos que você observe, seja nosso olho dentro da quadrilha. Fique atenta e escute. Repare nas fisionomias e nas atitudes. Você vai perceber que cada pessoa exerce um papel. Talvez com um pouco de sorte eles ficam descuidados e deixam escapar alguma frase que nos leve a instituições financeiras, contas bancárias, pessoas dispostas a testemunhar. Às vezes, um detalhe pode ser o bilhete premiado.

— Entendi.

— Eu vou estar com você na festa. E se sair de lá com ele, você vai me mandar uma localização — explicou Tereza.

— Não queremos surpresas. É muito importante que você mantenha contato e não nos deixe no escuro — André completou.

— Pode deixar.

Tereza tirou uma pasta da gaveta da sua mesa de trabalho atrás do sofá e se sentou ao lado da amiga. Espalhou várias fotografias sobre a mesa de centro.

— Essas fotos são recentes. Tente memorizar a fisionomia dessas dez pessoas. Nós vamos fazer um jogo de memória até você conseguir saber quem é quem.

— Qual deles é o deputado Alcântara?

Tereza pegou uma foto impressa num papel de vinte por trinta centímetros e entregou para Maria Vitória.

— O cara não anda fazendo abdominais.

— Não mesmo.

— O inchaço do álcool parece que também não ajuda — observou André.

— Verdade. Dizem que anda bebendo cada vez mais — Tereza completou.

— Isso é bom. Facilita as coisas pra nós.

— Nem todos bebem. Fique bem atenta. Não deixe que os outros desconfiem de nada.

— Quem são os outros?

Tereza pegou mais uma foto e durante dez minutos descreveu a pessoa em detalhes. Suas principais características e a função que exercia, formal e informalmente.

Ela repetiu o processo até a última foto e virou todas elas, deixando as imagens voltadas para o tampo da mesa.

— Agora vire uma foto e diga o que você consegue lembrar — disse Tereza.

O jogo demorou quase uma hora.

— Então, passei no teste? — perguntou Vitória.

— Com nota máxima.

***

O almoço estava servido na casa de Dona Dirce.

— André, por favor, abra o vinho. Trouxe uma caixa do Judas que você gosta.

— Malbec?

— Sim. Encomendei do Paulinho.

— Paulinho, nosso primo? — perguntou André.

— Ele virou contrabandista de vinho. — Marcelo fez uma careta de reprovação.

— Às vezes ele viaja para a Argentina e traz vinhos para os amigos. Não é contrabandista. Ele paga a viagem dele. Só isso — a mãe explicou.

— Paga para ele e para a namorada nova. Ou melhor, nada nova.

— Ele tem uma namorada nova? — André quis saber.

— Tem, sim.

— Que ótimo. O divórcio foi duro.

— Mas não precisava arranjar uma namorada que podia ser a mãe dele — disse Marcelo.

— Ela não é mãe dele. O resto não importa — respondeu André.

— Importa é que os dois estão muito bem. Diferença de idade não precisa ser problema — Dona Dirce foi categórica.

— Vocês vivem num conto de fadas — Marcelo continuou.

André ficou aliviado ao ver a cozinheira abrir a porta e interromper aquela controvérsia antiquada e sem sentido.

— Telefone para o senhor. — Ela olhou para André.

— Quem liga para um telefone fixo nesses dias? — a mãe estranhou.

A voz de Patrícia era inconfundível.

— Preciso falar com você.

— Vou ficar aqui mais uns cinco dias ainda. O que aconteceu?

— Nada de concreto, mas estou ansiosa.

— Você está ligando de onde?

— Do telefone do salão de festas do meu condomínio. Você conseguiu descobrir alguma coisa?

— Muito pouco, mas estou no caminho.

— Talvez nossos caminhos estejam se cruzando.

André não respondeu.

— Estou pensando em ir a Londrina. Poderia chegar amanhã no final da tarde — Patrícia disse.

— Não sei se acho uma boa ideia.

— Já falei com o seu amigo.

— Ele gostou da ideia?

— Não exatamente.

— Mas você vem mesmo assim.

— Eu ligo amanhã quando estiver na cidade.

André se sentou ao lado da mãe. Sua mão automaticamente encostou na cicatriz no alto da testa.

— Quem era? — perguntou Dona Dirce.

— Uma amiga.

— Amiga? — A voz do irmão tinha uma ponta de sarcasmo.

— Na verdade, ela é mais uma conhecida do trabalho.

Ele comeu pouco. Conversou sobre assuntos sem importância e tomou duas taças de vinho, mas seus pensamentos voavam com rebeldia.

— Hoje à noite temos o leilão do nosso candidato a prefeito. Você quer ir? — Dona Dirce olhou para André.

Ele sabia que a mãe adoraria a companhia dos dois filhos num grande evento da pecuária.

— Vou, sim. Mas não garanto ficar até o fim. Meus ouvidos não aguentam.

— Você vai ficar surpreso com os valores de hoje. Os leilões estão movimentando verdadeiras fortunas — Marcelo observou.

— A turma agora vem de helicóptero para os leilões nas fazendas. As vacas viraram celebridades — disse a mãe.

— Eu tenho acompanhado as celebridades reais investindo nas vacas celebridades.

— Vamos encontrar pelo menos uma dupla sertaneja e vários artistas entre os compradores.

***

Pouco depois das nove da noite, o hino nacional foi tocado para os convidados que enchiam o salão, distribuídos em mesas redondas para oito lugares. Garçons circulavam oferecendo uísque, espumante, vinho e cerveja. Tinham ordens para não deixar copos vazios.

Potentes caixas acústicas entoaram a música de abertura de todos os leilões da raça zebuína: "Disparada", de Zé Ramalho, num volume quase insuportável. "Prepare o seu coração pras coisas que eu vou contar, eu venho lá do sertão…"

André pediu vinho, Marcelo escolheu uísque.

Dona Dirce segurou a mão de André, como fazia quando ele tinha dez anos.

Arranjos de flor branca enfeitavam as mesas. Uma bandeja de frios dividia o espaço com os catálogos do leilão Joias Raras do Nelore e os inevitáveis fôlderes dos patrocinadores da festa.

O primeiro lote entrou. Uma novilha de cabeça empinada andava de um lado ao outro. O leiloeiro falava rápido. O som alto das palavras ditas ao microfone se misturava à música e aos gritos dos pisteiros espalhados pelo recinto. Cada grito significava um lance. Um simples olhar ou um sutil movimento de cabeça podia significar um aumento significativo no valor da parcela. Os pisteiros conheciam sua clientela e pressionavam pelos lances.

No fundo do salão, um homem falava em dois telefones ao mesmo tempo. Mexia a cabeça freneticamente. Era ele quem transmitia os lances daqueles que assistiam o leilão pela televisão, no Canal Rural.

À medida que o valor dos lances aumentava, o volume dos gritos também crescia. Os aplausos pipocavam com força quando o leiloeiro gritava "Aplaude Nelore".

André pensou em tapar os ouvidos.

— Estão sendo bem servidos? — Era a mãe do candidato a prefeito.

— Muito bem. A festa está linda. Vocês estão de parabéns — disse Dona Dirce.

— O Zeca vai ficar contente de ver os dois irmãos Jardim aqui. E vocês, não se animam a entrar na raça?

— Eu adoro, mas estou me aposentando. André está morando em Curitiba. Marcelo não tem muito tempo.

— Escuto essa conversa de aposentadoria há uns dez anos.

As duas mulheres riram.

O quinto lote era uma bezerra de poucos meses.

— Essa bezerra é chique demais. — O candidato a prefeito se agachou ao lado de André. Teve que gritar para ser ouvido.

— Linda mesmo — Marcelo concordou.

— É do outro promotor do leilão.

Nesse momento, o leiloeiro gritou:

— Dezesseis!

— Em trinta parcelas, são quase quinhentos mil — disse André, fazendo a conta num segundo.

— Dezesseis e quinhentos. — O grito veio do fundo do recinto.

— O lance é do Canal Rural — Zeca explicou.

Alguns minutos se passaram. Palmas e risadas se confundiam com a música.

— Eu! Eu! Dezessete! Aqui no recinto! — O leiloeiro corria de um lado para o outro no centro do salão.

O leiloeiro anunciou os últimos lances e agradeceu aos patrocinadores do evento: Ouro Negro Saúde Animal, CBC Central de Sêmen, Chevrolet e uma marca de joias bastante exageradas.

— Quero saber quem comprou — disse o candidato a prefeito.

O leiloeiro parou na frente do palco.

— Quem comprou foi ela. A rainha do Nelore. Ela entrou na raça há pouco tempo e já conquistou um lugar no pódio, entre os melhores criadores do país.

Gotas de suor escorriam pelas têmporas do homem bem-vestido, de terno e gravata.

— É a fazenda Água Limpa! É Letícia Albuquerque!

Os olhares imediatamente se voltaram para a mesa de pista, onde um grupo de pessoas aplaudia a mulher magra e baixinha, que sorria com ar vitorioso.

— Você conhece? — perguntou Marcelo.

— Ela tem fazenda no Mato Grosso do Sul. Comprou do Bumachar. Ficaram sócios no gado. Ela tem comprado bastante.

O décimo segundo lote também foi arrematado por Letícia Albuquerque. Mais uma vez, o vendedor do animal era Carlos Bumachar, um dos promotores do leilão.

Antes da meia-noite, André se desculpou e saiu. Alguns fumantes disputavam espaço na varanda coberta em frente ao salão. Ele notou que muitas mulheres estavam bem-vestidas; outras, ostentavam roupas justas demais em corpos grandes demais. Jovens bonitas desfilavam, jogavam os cabelos de um lado ao outro e atraíam os olhares pouco amigáveis de esposas desconfiadas.

CAPÍTULO TRINTA E DOIS
CONEXÃO

Patrícia andava em círculos. O GPS da Land Rover estava completamente perdido. As ruas da cidade pareciam linhas de um jogo de labirinto.

Depois de vinte minutos, ela desistiu. Foi obrigada a admitir que precisava de ajuda.

— Desculpe, mas não encontro o endereço da sua casa.

— Onde você está? — perguntou André.

Ela estava a cinco minutos de distância do condomínio, estacionada em frente a uma loja de conveniência num posto de gasolina Shell. Nenhum sopro de vento atravessava as janelas abertas do carro.

Pelo vidro aberto da janela do passageiro, ele olhou para Patrícia.

— A moça está perdida? Precisa de ajuda? — Ele lançou um sorriso indescritível. — Venha atrás de mim. Você consegue? — ele brincou.

Ela fez uma careta, envergonhada.

— Acho que consigo.

***

Na mesa da sala um bolo de laranja exalava um perfume agradável ao lado de uma bandeja de prata com copos de cristal e uma jarra de chá-mate batido com limão e muito gelo.

Ele serviu dois copos de chá.

Patrícia bebeu com sofreguidão.

Depois do lanche rápido em pé ao redor da mesa, os dois se acomodaram em poltronas confortáveis na varanda lateral da casa, com vista para a piscina. Patrícia usava um vestido curto de seda amarelo forte.

— Acho que precisamos conversar... — André virou a poltrona de frente para ela.

Patrícia se mexeu, tentando escapar do olhar dele.

— Precisamos, mas antes temos outro assunto mais urgente para discutir.

— O que pode ser tão urgente que trouxe você aqui, mesmo com todos os alertas do Cássio?

— Eu pesquisei todos os documentos existentes da época do Banestado. Tem muita coisa lá sobre o Roberto Assad, mas não achei nada sobre o Eduardo Freitas.

— Agora ele apareceu na escuta telefônica da operação dos postos de gasolina de Brasília.

— Sim. Ligado ao Beto. Acho muito difícil que essa ligação seja tão recente.

— E você está desconfiada de alguma coisa... — disse André, concordando com a cabeça.

Ela ficou em silêncio. Seus dedos da mão se mexiam nervosamente.

— Eu já vi o Eduardo Freitas antes. Reconheci o rosto dele — ela desabafou.

— De onde?

— Encontrei com ele em Foz do Iguaçu. Ele estava saindo do elevador no lobby de um hotel. Eu estava chegando para encontrar o Ricardo para o almoço no restaurante. Eduardo Freitas estava com o Ricardo no elevador. Quando eu me aproximei, ficaram sem graça. Mas não lembro o que disseram.

André abaixou a cabeça e respirou fundo.

165

— Você acha, sinceramente, que seu marido está envolvido?

— Não consigo ver o Ricardo como um homem capaz de uma coisa dessas. — Ela levantou da poltrona e começou a caminhar pela varanda da casa, como um animal enjaulado. As palavras saíam em ritmo acelerado, como se as frases fossem quase atropeladas pela ansiedade: — Ele foi sempre o filho prodígio. Aluno brilhante. Além de inteligente, sempre estudou muito.

— Mas…?

— Nunca consegui que Ricardo dissesse mais que umas poucas frases sobre a família. Juntando o que vi em fotos antigas com o que consegui arrancar dele, sei que seu irmão mais novo era loiro e lindo. Tinha o riso fácil e um olhar de quem planeja a próxima aventura. Encantador desde criança. Vivia com um braço quebrado ou os joelhos costurados. Era o melhor jogador de futebol do time da escola. Enfim, um ídolo.

— São só os dois irmãos?

— *Eram* — ela enfatizou e desviou o olhar.

Uma família de quero-queros aterrissou no jardim, fazendo algazarra.

— Os pais de Ricardo tinham adoração pelo menino — continuou Patrícia. — Enquanto Ricardo estudava sem parar, o irmão colava nas provas. Os amigos ajudavam, as professoras simulavam castigos nunca cumpridos. A família vivia em estado de encantamento pela alegria dele.

— Seu marido vem de uma família rica?

— Não. Mas viviam bem. Os pais eram professores universitários em Campinas. Os dois filhos estudaram em escola particular e aprenderam inglês. Ricardo foi um ótimo aluno na faculdade de direito e arranjou um estágio num grande escritório. Com vinte anos, o irmão ainda não tinha resolvido o que queria fazer. Acho que Ricardo trabalhava e estudava muito e já estava cansado das histórias divertidas do irmão mais novo.

— A vida real se mostrava dura para um, enquanto o outro vivia no mundo da fantasia.

— De certa forma, acho que Ricardo desconfiava que o irmão era uma farsa, uma eterna promessa.

— O que aconteceu?

— Os pais passavam um feriado na casa de amigos no litoral. Ricardo tinha conseguido comprar uma moto com o que ganhava no estágio. O irmão queria encontrar um grupo de amigos num bar. Pediu para que Ricardo fosse junto, de moto. Mas Ricardo estava cansado. Queria dormir cedo. Os dois brigaram.

— E seu marido deixou que o irmão fosse de moto.

— Sim. Nunca se perdoou por isso. Seu irmão enfiou o capacete na cabeça por ordem de Ricardo, mas não prendeu a fivela. Quando caiu, o capacete foi lançado para longe. Ele morreu na hora.

— Imagino a tragédia... — disse André.

— O pai morreu dois anos depois, de câncer. A mãe nunca desfez o quarto do filho morto. Lavava as roupas como se ele fosse chegar a qualquer momento. Ela ainda conviveu alguns anos com a depressão e a solidão antes de morrer.

— Seu marido deve ter sofrido muito.

— Nunca falou sobre isso comigo. Mas nunca quis construir uma família. Passou a vida tentando provar que era o melhor filho.

— E por isso você não consegue acreditar que ele esteja envolvido em algum desses escândalos.

— Não consigo.

— Mas também não consegue ter certeza de que não esteja.

— Preciso achar essa certeza.

Ela afundou na cadeira.

André notou a fadiga nas linhas do rosto dela e segurou sua mão com força. Patrícia não tentou soltar. O contato dos dedos firmes oferecia segurança. Ela olhou para ele e pensou numa boia amarela fundeada num mar revolto.

Um filhote de quero-quero ensaiava o primeiro voo no gramado, seguido pelo olhar da mãe.

Num impulso, ela puxou André pelo braço. Ele se ajoelhou, apoiando os braços nas pernas compridas dela, nos joelhos fortes e salientes. Patrícia acariciou os braços dele e sentiu a rigidez dos músculos dos antebraços expostos. Com movimentos lentos e cuidadosos, ele se aproximou, como se temesse que ela pudesse fugir.

O beijo foi inevitável. Os lábios buscavam a emoção escondida no outro. Enquanto as mãos dela passeavam pelos ombros dele, André acariciava as pernas dela. O beijo demorado provocou contrações involuntárias. Os dedos dele encontraram o interior das coxas de Patrícia. Ela respirou fundo.

— Sua mãe pode chegar.

Ele levantou e segurou a mão dela.

— Venha comigo.

De mãos dadas, deram a volta na piscina. Desceram uma escadaria de azulejos brancos. André enfiou a mão atrás de uma arandela de parede e logo encontrou uma chave que abriu a porta de madeira escura.

Uma pequena sala de ginástica, com piso de borracha e cheiro de desinfetante, tinha um espelho na parede e uma televisão no canto oposto. No fundo da sala, André abriu uma porta menor. Um aroma gostoso de benjoim encheu o ar. Patrícia viu uma cama de massagem coberta com um lençol branco.

André precisou empurrar a porta com força para fechar a trava por dentro. Acendeu uma pequena lamparina. A luminosidade amarela imitava a chama de uma vela.

Ele se apoiou de costas na porta e olhou para Patrícia. Seu olhar era de indagação. Ela foi até ele. Precisava dos lábios dele como uma mulher se afogando precisa de ar.

André apertou suas costas com as mãos grandes. Patrícia estremeceu e decidiu não pensar em sua vida fora daquela sala. Afastou da mente a imagem do marido, que tentava se apoderar daquele espaço de tempo que pertencia a ela. Nenhum sentimento de culpa conseguiria invadir aquele momento.

Os dois venceram os três passos até a cama sem deixar que os lábios se separassem. Na cama estreita, André se deitou de lado e acariciou seus cabelos. Uma das mãos alcançou o seio esquerdo dela. Num impulso, Patrícia colocou a mão por dentro da calça dele e o acariciou com delicadeza. Ele abriu o botão e o zíper da calça e se entregou a um prazer sensorial incontrolável.

Quando puxou para cima o vestido amarelo dela, deixou à mostra as coxas longas e uma calcinha de renda clara.

André e Patrícia estavam loucos de desejo. Num movimento, ela se ajoelhou e abaixou a cabeça. Colocou o pênis dele na boca e sentiu seu gosto. Ele gemeu e apertou os seios dela com firmeza. Ambos respiravam como atletas no final de uma maratona.

Ele levantou a cabeça de Patrícia e sussurrou:

— Pare antes que eu não consiga mais parar.

Mas ela ignorou o aviso. Logo, ele abaixou a calcinha rendada e seus dedos encontraram a vagina. Ela se sentia excitada e inibida ao mesmo tempo. André parecia conhecer cada milímetro do seu corpo. Seus dedos encontravam os lugares certos com naturalidade.

Ele colocou as mãos sob as coxas dela e puxou seu quadril. Equilibrando-se na cama estreita, apoiou-se nos braços sem o menor esforço. Os dois corpos se moviam no mesmo ritmo. Os olhares se encontravam, procurando aprovação. Os lábios se procuravam, buscando união. Patrícia cravou as unhas nos braços dele e sentiu o corpo se descontrolando.

Ela gemeu baixinho e deixou que um leve tremor se espalhasse como uma onda. Em seguida, ele aumentou o ritmo dos quadris até alcançar o clímax. Durante todo o tempo, continuaram a se beijar, lábios e línguas num emaranhado frenético.

Os dois se olharam e, em silêncio, decidiram ficar ali. Os corpos fundidos em total intimidade. O tempo parado. O filhote de quero-quero aprendendo a voar. Nada mais lá fora.

CAPÍTULO TRINTA E TRÊS
LONDRINA

—Chego às oito — André disse, segurando a mão dela.

Patrícia entrou no lobby do hotel Blue Tree na Juscelino Kubitschek. Depois do check-in, levou a pequena mala de rodízios para o décimo sétimo andar. Em poucos minutos, trocou o vestido amarelo por um short e tênis de corrida. Colocou fones de ouvido e escolheu uma *playlist* no celular. Lançamentos do Spotify. Talvez as novidades do universo musical funcionassem como distração, sem relação alguma com passado ou presente.

A luz do dia começava a perder intensidade. Ela saiu correndo pela calçada, virou à direita na primeira quadra. Desceu uma ladeira e passou num bosque na baixada. Na copa de uma árvore, uma calota de carro presa entre os galhos destoava do verde. Encostada na calçada, uma carcaça de carro abandonado, sem portas, mostrava suas entranhas sem nenhuma dignidade.

Uma quadra adiante, casas escondidas atrás de muros altos guardavam uma imagem de calmaria numa rua sem movimento.

Enquanto corria, ela levantava os calcanhares e ouvia o ritmo da música. O coração batia forte.

Pouco antes das oito, Patrícia estava sentada num sofá perto da recepção. André entrou caminhando com uma postura de quem desafia o mundo.

— Vamos. Tem um restaurante japonês aqui perto — disse ele.

No caminho até o restaurante, Patrícia quase não falou.

— Você quer falar sobre o que aconteceu? — André sussurrou.

— O que eu vou fazer se descobrir que Ricardo está envolvido nessa coisa sórdida? Será que estou procurando uma justificativa para o que eu estou fazendo? Para o que nós estamos fazendo? — Ela sentiu seu coração esmagado dentro do peito, como se o peso da atmosfera se concentrasse ali. Pensou na sua vida antes de conhecer André e imaginou a velhice ao lado de Ricardo. Seria esse o seu futuro? No fundo, ela sabia que não conseguiria passar o resto da vida ao lado do marido, mas uma ponta de dúvida persistia.

André fez o retorno e pegou o caminho de volta ao hotel. Patrícia não protestou.

Na calçada em frente ao hotel, um grupo de pessoas vestia roupas de festa. Duas meninas usavam vestido igual, num cor-de-rosa pálido, e uma tiara de flores na cabeça.

No elevador, ele encostou levemente os dedos na mão de Patrícia.

A porta abriu no décimo primeiro andar. Um garçom esperava para levar um carrinho de serviço de quarto.

Logo que a porta se fechou, ela falou:

— Podemos pedir um hambúrguer com batata frita. — Ela levantou as sobrancelhas e adotou um olhar pensativo.

André sorriu e concordou.

O quarto era maior do que ele esperava. Ela se jogou numa poltrona de canto, sinalizando que pretendia conversar. André varreu o cômodo com o olhar à procura de outra poltrona e escolheu um espaço na beira da cama.

— Precisamos fazer alguma coisa — ela começou.

— Exatamente sobre o quê?

— Sobre tudo. Tudo se conecta. Ricardo, você, eu e todo esse lixo que você tirou debaixo do tapete. Eu tenho que ir até o fim. Você me entende?

— Mais do que você imagina.

— Não consigo mais trabalhar e voltar para casa como se nada estivesse acontecendo. — Ela sacudiu a cabeça, como se pudesse encaixar melhor as ideias na cabeça.

— Vamos tentar infiltrar uma pessoa no círculo íntimo do deputado Alcântara aqui em Londrina. Hoje mesmo, enquanto estamos aqui conversando, ele vai conhecer uma linda mulher numa festinha organizada por uma jornalista, minha velha amiga Tereza. Ela vai ficar de olhos e ouvidos atentos.

— Acha que o deputado pode ser tão descuidado a ponto de deixar uma estranha chegar tão perto?

— Minha amiga acha que sim. Ela conhece o cara. É muito arrogante e não dispensa a companhia de mulheres bonitas.

Uma leve batida na porta anunciou a chegada do jantar.

Entre uma mordida no sanduíche e outra, Patrícia limpava a boca lambuzada de maionese.

— Dei uma busca nos e-mails do Ricardo. Ele já se reuniu com uma advogada que parece estar envolvida com um esquema de corrupção do ministro Mario Williams. Preciso procurar nos antigos documentos do Ricardo. Ele guarda várias caixas no escritório de casa. — Ela se jogou para trás na poltrona e continuou: — Dizer isso significa que desconfio dele, que realmente acredito que ele pode ser culpado de tudo isso...

— Desculpe perguntar, mas você acha que ele pode ser perigoso?
Ela sacudiu a cabeça com ênfase.

— Jamais.

— Falar do seu marido não é fácil.

— Talvez ele seja inocente e eu esteja procurando uma justificativa para me livrar de um problema. Talvez eu seja a única culpada.

— Eu não acredito nisso. Se ele for inocente, você vai ser a primeira a comemorar.

— Estou confusa. E não lido bem com confusão.

— Se ajuda, também estou confuso.

Ele olhou para Patrícia e notou que ela mexia os dedos sem parar. Sentiu uma necessidade intensa de enlaçar aquelas mãos com as suas.

Mais uma vez, o desejo foi mais forte que os outros sentimentos e as outras emoções que se alternavam e abarrotavam suas mentes desordenadas.

Mais uma vez, os lábios se juntaram com teimosia. A noite passou num instante.

CAPÍTULO TRINTA E QUATRO
NA TEIA DA ARANHA

A quinze quadras do hotel Blue Tree, num antigo restaurante transformado em casa de festas, um grupo de empresários e políticos tomava uísque, champanhe ou vinho enquanto falava de política e lançava olhares descarados para as mulheres lânguidas e bem-vestidas que circulavam por ali.

Tereza tinha escolhido com cuidado os nomes para a lista de convidados. O convite, feito por telefone, tinha como pretexto a comemoração dos quinze anos de sua agência de assessoria de imprensa. Ela soube deixar implícito o conceito do evento. Os convidados eleitos eram homens. Todos do tipo que sabem apreciar uma noitada dedicada às curvas femininas — que em nada lembrassem suas esposas.

O deputado Alcântara usava terno com a gravata frouxa e o paletó aberto. Falava alto, cercado por um grupo de jovens igualmente engravatados.

Maria Vitória caminhava com leveza. Uma jaguatirica se esgueirando dentro da mata, jogando o quadril devagar num vestido azul que deixava à mostra suas coxas. Os cabelos longos acompanhavam o movimento dos quadris.

Muitos olhares se voltavam para ela. Tereza aproveitou uma abertura no círculo ao redor do deputado para se aproximar com o pretexto de agradecer a presença de todos. Logo, um rapaz moreno de óculos e testa grande estendeu a mão para Maria Vitória. Ela ofereceu a dela num gesto bem ensaiado, jogando a vasta cabeleira para o lado. O homem tentou puxá-la para perto de si, mas ela conseguiu soltar a mão num movimento brusco sob o olhar disfarçado do deputado. Um burburinho de vozes e risadas ecoava. As paredes rebatiam os sons e os devolviam abafados. Maria Vitória pediu licença, caminhou até o outro lado do bar e esperou.

Dois minutos depois, o deputado estava parado ao seu lado. Ela sentiu um cheiro forte de perfume.

— Maria Vitória? É esse o seu nome? — O homem se aproximou um pouco do rosto dela.

— Desculpe, não lembro o seu...

— Alcântara. Nelson Alcântara.

Ela deixou o deputado falar. Riu das insinuações óbvias. Sorriu com malícia e não esqueceu de lançar os cabelos para um lado e outro, enquanto segurava uma taça de champanhe com os dedos longos e as unhas pintadas de vermelho.

O número de garrafas vazias atrás do bar aumentava na mesma proporção da intensidade do som e do volume das risadas. Alguns já não escondiam suas intenções e se encostavam nas mulheres eleitas com gestos bem ensaiados.

Maria Vitória seguia à risca o roteiro elaborado por Tereza.

Três doses de uísque depois, o deputado propôs uma saída à francesa.

— Tenho um apartamento aqui perto — ele sussurrou perto do ouvido dela, como se contasse um segredo bem guardado.

— Acho que você me entendeu mal... — ela suspirou e continuou: — Não quero seu dinheiro. Nem presentes. Vim para essa festa como convidada da Tereza. Somos amigas há muito tempo.

O texto foi o tiro de misericórdia. Visivelmente confuso, o homem segurou a mão dela.

— Não pensei nada disso. Só queria continuar a noite com você.

— Também quero esticar essa noite, mas não no seu matadouro. Além do mais, essa aliança na sua mão esquerda atrapalha um pouco... — ela dirigiu o olhar certeiro para a mão dele.

— Casamento político. Vivo minha vida, ela vive a dela.

— Entendo. — Ela deixou escapar um meio sorriso sedutor.

— Então… Vamos?

— O que você propõe?

— Vamos nos divertir. Aproveitar a vida…

Ela riu e jogou a cabeça para trás.

— Eu tomaria mais uma taça.

***

O apartamento do deputado surpreendeu pela simplicidade.

Destoando dos móveis quase simplórios, vários quadros haviam sido pendurados nas paredes brancas da sala e dos dois quartos.

Durante duas horas, Maria Vitória se dedicou à prática de dar prazer. Ignorando a barriga saliente dele, ela se debruçou sobre o homem no sofá da sala. Ajoelhada no porcelanato do box do banheiro, ela gemeu e enfiou o membro amolecido dele na boca. Seus lábios faziam pressão nos momentos certos e sua língua se movia com precisão, sorvendo músculo e pele até sentir que o deputado estava pronto para mais uma ereção.

Enquanto o deputado cochilava, ela tirou fotos da sala, da porta de entrada do apartamento e dos quadros pendurados nas paredes. Procurou por um laptop ou tablet. Abriu as portas do armário do quarto, mas encontrou apenas camisas, cuecas e meias de homem. No armário do banheiro, embaixo da pia, encontrou vários rolos de papel higiênico e uma caixa de comprimidos Cialis.

Deitada na cama de casal ao lado dele, ela respirava profundamente, tentando ignorar o ronco insistente que invadia seus ouvidos. Esperou quase uma hora, até sentir que o corpo inerte dele começou a se mexer.

***

O porteiro do prédio de Tereza despertou assustado de um cochilo ao ouvir o som da porta de entrada do lobby no meio da noite. Escutou também o barulho do motor de um carro que se afastava.

Maria Vitória deu boa noite e subiu.

Na sala, Tereza olhava distraidamente para a TV.

— Você demorou. A festa acabou antes da uma...

— A ideia era essa, não era?

— Me conte! — Tereza levantou e começou a andar pela sala.

— O deputado se apaixonou — Maria Vitória respondeu, e deu uma gargalhada.

— Você tem certeza?

— Absoluta. — Ela deu uma volta na sala, caminhando como uma modelo exibida na passarela.

— Você foi para o apartamento dele?

— Sim, depois de muita resistência... — ela se jogou numa poltrona e tirou os sapatos de salto.

— Ele convidou para um repeteco?

— Lógico que sim. Volto no fim da semana.

— Você trabalhou bem... — elogiou Tereza.

— Veja isso... — ela entregou o celular à amiga e mostrou as fotos.

— Que lugar esquisito!

— Horrível. O homem leva suas mulheres para um cafofo pior que qualquer motel. — Maria Vitória fez careta de nojo.

— E esses quadros nas paredes?

— Tem muitos.

— São gravuras?

— São quadros mesmo. E muito bons. Não dá para entender.

— Acho que dá, sim. — Tereza se levantou e continuou a falar: — Ele investe em arte para esquentar o que entra de dinheiro frio. As periguetes que ele leva lá nunca vão desconfiar que os quadros valem alguma coisa.

Tereza aumentou a imagem no celular. Tentou ler a assinatura na parte inferior da tela, mas não conseguiu.

— Não quero mostrar essas imagens por enquanto. Tenho medo de que alguém fique curioso demais e acabe alertando o deputado.

— E agora? — Maria Vitória tirou os brincos e mexeu a cabeça de um lado para o outro.

— Agora você vai dormir o sono da beleza. Precisamos dela mais do que nunca.

— Garanto que ele vai me procurar amanhã.

— Tomara! — Tereza devolveu o celular.

— Pode apostar.

CAPÍTULO TRINTA E CINCO
NINHO DE COBRAS

Cinco dias e três noites de malabarismos sexuais depois, Maria Vitória foi convidada para uma festinha na fazenda do deputado Alcântara.

Os cem quilômetros de estrada asfaltada até a porteira da fazenda foram percorridos em menos de uma hora. Na guarita de entrada, três homens ostentavam armas de tamanho exagerado. O motorista cumprimentou o segurança com um aceno de cabeça e esperou que o homem dentro da guarita acionasse o controle para abrir o portão de ferro.

O caminho estreito não era pavimentado. Árvores altas escondiam a cerca que isolava a estrada. Nos quinhentos hectares de terra que pertenciam à esposa do deputado, havia uma pequena lavoura de soja e milho, além de um acanhado rebanho de gado.

O jardim em volta da casa da sede se resumia a uns poucos canteiros de plantas delimitados por pedras de rio.

Os homens saíram do carro, deixando Vitória para trás. Apenas o motorista usava paletó.

Ela precisou apressar o passo para alcançar a porta de entrada ainda aberta.

Uma mulher uniformizada veio ao encontro deles e pegou uma maleta entregue a ela pelo motorista.

— O senhor quer jantar agora? — ela balançou a maleta sem perceber.

— O que você fez de bom? — perguntou o deputado. Ele seguiu caminhando enquanto desabotoava dois botões da camisa e se sentou à cabeceira da mesa de jantar.

— Galinhada, que eu sei que o senhor adora.

— Pode servir. Estou com fome.

O assessor do deputado escolheu uma cadeira ao lado direito dele.

— Tudo pronto? Umas quarenta pessoas confirmaram.

— Sim, senhor. A bebida está bem gelada e a moça que vai fazer os salgadinhos já chegou. — A mulher ficou parada ainda com a maleta na mão. O deputado fez um gesto e ela saiu carregando a maleta em direção à cozinha.

Madeira escura e antiga cobria todos os cômodos da casa. Os móveis também pareciam estar na mesma posição há três gerações.

— Posso usar o banheiro? — perguntou Maria Vitória.

— Suba. — Apontou a direção. — Primeira porta à esquerda. Vamos dormir aqui. Pode deixar suas coisas lá.

Ela observou todos os detalhes da casa. Na parede perto da escada, viu uma tela moderna, abarrotada de triângulos coloridos. As cores quentes não pareciam fazer parte do ambiente. No canto da tela, viu uma assinatura: Claudio Tozzi.

Os degraus da escada de madeira estavam acarpetados. Apenas nas laterais se via a madeira escura.

Logo chegaram os dois primeiros convidados. O assessor puxou cadeiras para os homens. Taças foram trazidas pela cozinheira. Tábuas de frios e torradas foram colocadas na frente do deputado. Algumas garrafas de vinho repousavam sobre o balcão ao lado da mesa. O deputado fez sinal para que o assessor abrisse um Vega Sicília Único, safra 2008.

Todas os gestos de praxe foram executados pelos quatro homens. Aproximaram as taças do nariz. Observaram a cor do líquido avermelhado. Tomaram um gole do vinho e balançaram a cabeça em sinal de aprovação. Passaram quinze minutos falando sobre a safra de 2008. Em pouco tempo, a garrafa estava vazia e um Tignanello 2013 veio para a mesa.

— Hoje, a noite vai ser italiana — declarou o deputado.

Vitória sorriu e levantou a taça.

O brinde foi dedicado à Itália.

A terceira garrafa de vinho foi aberta: um Biondi-Santi Brunello di Montalcino de 2019, produzido na Toscana. O jantar foi servido.

O pequeno grupo terminava a terceira garrafa de vinho quando o som da campainha anunciou a chegada de um grupo de homens e mulheres. Caixas acústicas espalhadas pela sala tocaram os primeiros acordes da música escolhida pela DJ, uma loira que mostrava os seios enormes num decote igualmente enorme.

Os homens foram até a sala receber os convidados.

Vitória se desculpou e voltou ao andar de cima.

Fechou a porta do quarto e abriu sua pequena mala. Aproveitou o momento para abrir todas as gavetas, mas não encontrou nada que pudesse comprometer o dono da casa. Ao aparecer nos últimos degraus da escada, num vestido preto longo com as costas nuas, atraiu os olhares dos convidados e ganhou um sorriso malicioso do deputado.

Três potes de vidro estrategicamente colocados sobre mesas laterais continham dezenas de comprimidos de Viagra.

Na porta de entrada, uma moça magra e bonita recolhia os celulares de qualquer um que passasse por ali. Os convidados não podiam se arriscar a ver sua imagem pública associada a uma festinha como aquela.

Duas mulheres ajoelhadas no tapete usavam um cartão de crédito para compor perfeitas linhas de pó branco sobre o tampo negro da mesa de centro no canto da sala. Um canudo de prata passava de mão em mão. Homens e mulheres alternavam as posições ao redor da mesa, cheiravam uma ou duas carreiras, levantavam-se, riam, falavam sem parar. Um pequeno monte de pó branco permanecia disponível sobre a mesa. Vez ou outra, um dos convidados despejava o conteúdo de pequenos pacotes sobre o monte.

Cartelas de comprimidos de MD também circulavam pelo salão. As garçonetes passavam com bandejas de copos e bebidas, inclusive os vinhos italianos que continuavam a encher as taças vazias.

Vitória viu o deputado ser servido do pó branco em uma pequena bandeja de prata várias vezes.

Ela dançou e sorriu.

O assessor do deputado e outros homens estavam amontoados ao redor da mesa de centro.

— Ainda comendo a chefe? — Um deles riu alto.

— Nem brinca. Aquela é jogo duro.

— Preciso de você grudado nela — disse o assessor.

— Até onde dá, né? Ela não aceita ninguém perto demais.

— Eu sei... eu sei. Mas preciso de uma força. Vamos vender uma bezerra no leilão do Rio. Dona Letícia tem que comprar.

— Manda tudo amanhã, então.

Amanhecia no campo quando o último convidado partiu.

A camisa suada do deputado grudava em sua barriga. Os maxilares pareciam travados e os olhos, esbugalhados.

Vitória se aproximou e acariciou suas costas.

— Muita coisa consumida hoje — o assessor dele murmurou. — Melhor não abusar. Deixa o azul para outro dia.

— Certo — Alcântara concordou e caminhou em direção à escada. O outro homem fez sinal para que ela esperasse.

— Não queremos nenhum incidente por aqui. Ele não tem limite e se acha um menino, mas tem pressão alta e outros probleminhas.

— Eu entendo. Não se preocupe. Vou cuidar dele. — Ela abriu um sorriso e saiu, deixando o assessor com uma expressão de dúvida no rosto.

CAPÍTULO TRINTA E SEIS
A PONTA DO ICEBERG

André olhou para os lados antes de entrar no prédio. Viu dois homens encostados numa caminhonete Saveiro e decidiu descer a rua pela calçada. Uma mulher apareceu carregando um vestido comprido envolto num plástico transparente e entrou no banco de trás da Saveiro. Os dois homens entraram no carro e o motorista deu a partida.

Ele respirou aliviado e, ao mesmo tempo, censurou sua própria paranoia.

Tereza esperava por ele com a porta do apartamento aberta.

Maria Vitória chegou logo em seguida. Os cabelos compridos amarrados no alto da cabeça e o rosto limpo, sem maquiagem, tiravam alguns anos de sua aparência.

Tereza serviu salada e sanduíches de baguete. André arregaçou as mangas da camisa de algodão e mordeu o sanduíche com vontade.

Os três se acomodaram em volta da mesa da copa.

— Vou fazer anotações. Vocês se importam? — perguntou ele.

— Por favor, nossos nomes trocados — respondeu Tereza.

— Sem problemas.

Ele atacou o sanduíche e olhou para Vitória.

— Bem, a festa tinha umas quarenta ou cinquenta pessoas — disse ela.

— Comece pelo início. Fica mais fácil lembrar dos detalhes. Fale da fazenda.

— Eu vi dois guardas na guarita no portão. O jardim é bem simples. Aliás, a coisa toda podia ser bem melhor.

— E como foi a festa? — foi Tereza quem perguntou.

— Carros caros. Algumas mulheres muito decotadas. Alguns rostos dos homens bem conhecidos da política. Outros, eu nunca tinha visto. Além do assessor do deputado, outros três obviamente trabalham para ele.

— Tente lembrar de detalhes — pediu André.

— Muita droga. Pó, MD. Viagra aos montes. Depois de umas carreiras, não paravam mais de falar. Os celulares foram recolhidos na entrada.

— O homem é prevenido — observou Tereza.

— Eu ouvi algumas conversas. Vou anotar os trechos que conseguir lembrar. Quem sabe encontram alguma coisa que ajude.

— Ótimo. Vai ajudar bastante — disse ele.

— Uma coisa me chamou a atenção — Vitória continuou. — Um quadro. Achei bonito, bem moderno.

— Você já tinha reparado nas telas no apartamento — Tereza lembrou.

— Pois é. E agora mais essa tela, totalmente destoante daquele ambiente. A casa é antiga, rançosa. O quadro é vibrante.

— Você descobriu quem é o autor? — quis saber André.

— Claudio Tozzi.

— Eu chequei a declaração de renda do deputado. Encontrei algumas obras de arte. Mas eu não lembro os valores declarados. Nada muito grande, senão teria me chamado a atenção — André observou.

— Com certeza as obras estão no laranjal — disse Tereza.

— Com certeza — ele concordou. — Mas já temos um começo. Vou procurar os proprietários dessas obras.

— E eu vou começar a escrever minhas anotações. Me deem um tempo. Penso melhor sozinha. — Vitória se levantou e foi para o quarto.

André e Tereza ficaram em silêncio por um instante, as engrenagens do cérebro se ajustando e processando informações.

— O mercado de arte é sigiloso. Aceita tudo. Dinheiro vivo, qualquer coisa — André começou.

— E não só no Brasil. No mundo todo funciona assim.

— Valores completamente subjetivos. Quem compra declara um valor maior ou menor que o valor real. O restante vai parar nos paraísos fiscais. — André falou mais para si mesmo do que para Tereza.

— Por onde podemos começar?

— Ainda não sei. Mas não quero espantar a lebre. Vou conversar com o meu contato na Polícia Federal. Preciso voltar a Curitiba. — Ele se colocou de pé de maneira brusca.

— Espere para ver as anotações da Vitória. Ela é inteligente. Talvez apareça mais alguma coisa.

— Vou caminhar um pouco. Penso melhor assim.

— Pode caminhar o quanto quiser. Eu aviso quando ela terminar. Hoje ou amanhã.

— Obrigado. — Ele deu dois passos e se virou: — Por tudo.

André saiu do prédio apressado. Virou à direita na primeira esquina e olhou para trás. Caminhou sem rumo. Parou em frente a uma pequena praça e, por um momento, não conseguiu decidir qual direção seguir. Precisou de um tempo para perceber que o prédio de Tereza ficava à esquerda. Imagens de Patrícia se misturaram aos desenhos nas telas de seu cérebro. Ele já não tinha tanta certeza de nada. Estava mergulhando de cabeça num oceano violento. Sem colete salva-vidas. Via as ondas que se chocavam nas pedras. Ele tinha vontade de se jogar, mas queria ter certeza de que Patrícia estaria num bote de borracha, esperando por ele.

No caminho de volta ao prédio, sentiu uma pontada no alto da cabeça. Uma pequena pane, um aviso de que a máquina precisava de descanso. Encostou os dedos na antiga cicatriz e respirou fundo.

Ao passar por uma janela de vidro, André olhou para o seu reflexo e falou para si mesmo:

— O que você acha que vai acontecer? Ela vai largar tudo e vocês vão embarcar para Hollywood? É tonto ou o quê? — sacudiu a cabeça e entrou no lobby.

***

— Vou ver se as anotações estão prontas — Tereza falou assim que abriu a porta.

André foi até a janela e tentou identificar esquinas e lugares que lembrassem sua infância, mas não encontrou nada.

As duas mulheres apareceram na sala.

— Vou tentar espremer um pouco a cabeça. Quem sabe consigo lembrar de mais alguma coisa. Por enquanto, é isso. — Vitória entregou a ele uma pequena caderneta de capa dura.

André abriu a caderneta e leu as primeiras palavras. Ficou surpreso com a riqueza de detalhes.

— Tenho certeza de que isso vai ajudar muito. Obrigado por tudo. Vou estudar cada frase e fazer valer o seu esforço. — Ele a abraçou e, em seguida, se despediu de Tereza.

Caminhou até um café e pediu um expresso. Queria fazer a primeira leitura sozinho, longe de qualquer olhar curioso. Até mesmo do olhar encantador de Patrícia.

Ele olhou para a primeira página do bloco. A letra era grande, legível. As frases separadas por asteriscos lembravam uma lista de compras:

- Celulares recolhidos por duas moças na porta de entrada.
- Deputado José Roberto reclamou várias vezes, inclusive para o assessor do Alcântara.

Já no início da leitura, André imaginou a quantidade de dinheiro trocada de mãos em conversas numa festa como aquela.

No final da décima página, ele leu:

- Rapaz de camisa, sem gravata, moreno, cerca de trinta anos conversa com o assessor direto do deputado Alcântara. Garante que já acertou a venda do patrão para Letícia Albuquerque e avisa que "o patrão quer enfiar cinco lotes nela num leilão só". (Pelo que consegui ouvir, a mulher não aceitou comprar os cinco lotes. Não disseram qual seria a mercadoria.) O assessor responde que não funciona assim. "Não pode exigir que ela compre tanto assim porque fica muito na vista."

O café estava tão quente que provocou uma pontada no alto da cabeça de André.

Letícia Albuquerque. A mesma que gastara uma fortuna no leilão de gado em Londrina. A sócia do Bumachar.

Nas quase trinta páginas de anotações, Maria Vitória descrevia cenas que poderiam estar numa novela de qualidade duvidosa.

No caminho para casa, André tentou organizar os arquivos que se misturavam na sua cabeça. Tinha a impressão de que um vírus tinha invadido sua máquina cerebral, que teimava em misturar o conteúdo dos arquivos.

Pensou nas obras de arte espalhadas pelas paredes de propriedades, onde pessoas ignoravam sua beleza artística. Pensou em Patrícia e sentiu medo. Pensou na sua matéria. Já começava a redigir mentalmente o texto que queria publicar.

Podia sentir o batimento acelerado do seu coração quando ouviu o toque de vibração do celular.

Era Patrícia.

— Deu certo?

— Deu, sim. Prometi almoçar em casa. Quer ser minha convidada?

— Quero. Você tem certeza de que sua família não vai se importar?

— Pego você em dez minutos.

— Não esqueça de avisar sua mãe que vai levar uma boca extra...

Ele riu. Jamais teria pensado em avisar a mãe, mas fez a ligação.

***

Na mesa da varanda, um balde de prata suado pelo contraste entre o gelo e o calor do ambiente conservava as cervejas na temperatura ideal.

Patrícia foi apresentada como uma grande amiga de Curitiba. Dona Dirce não disfarçou o olhar para a aliança na mão esquerda da *grande amiga* de seu filho.

Marcelo ofereceu bebidas. André e Patrícia preferiram cerveja long-neck com um gomo de limão.

— Como vocês se conheceram? — começou Dona Dirce.

— Sou promotora, e a promotoria está colaborando com o seu filho. Oferecendo informações não sigilosas para uma matéria. Acabamos nos tornando bons amigos.

— Patrícia está sendo imprescindível — André interrompeu.

— Você tem filhos? — insistiu a mãe.

— Não.

— É casada há muito tempo?

— Dez anos. Mas acho que acabamos atropelados pelo tempo.

— O que teremos para o almoço? — André lançou um olhar de reprovação na direção da mãe.

— Fiz um tambacu na folha de bananeira. Um peixão. Ganhei da Sonia. O filho está fazendo piscicultura na fazenda.

— Esse menino vive inventando moda — observou Marcelo.

— Parece que está indo muito bem.

— Eu nunca comi esse peixe, mas adoro experimentar novos pratos — disse Patrícia.

— Tomara que você goste. O peixe é gordo, mas muito saboroso. Uma espécie de mistura do pacu com o tambaqui.

— Tambaqui é muito bom. As costelas são maravilhosas — Patrícia continuou.

— Também acho. Então tenho certeza de que vai gostar do meu peixe. — Dona Dirce sorriu.

— Aquela noite no leilão fiquei espantado com os valores do gado. Você tem acompanhado isso, Marcelo? — perguntou André.

— O pessoal está animado. Tem gente pagando fortunas pelos animais. E mais gente entrando na raça todo dia — respondeu o irmão.

— Uma loucura. Lembro dos antigos leilões. No máximo cerveja quente.

— E olha lá…

Os dois irmãos riram e sacudiram a cabeça em movimento sincronizado.

— Deve ter lavagem de dinheiro por trás desses valores — concluiu Marcelo.

— A maioria dos criadores é gente boa e séria, mas de uns anos para cá um pequeno grupo começou a se aproveitar do negócio para esquentar dinheiro — completou Dona Dirce.

— Lembram daquela Letícia Albuquerque no leilão? Comprou uns três lotes bem caros — observou André.

— Sei que é sócia do Bumachar — constatou Marcelo.

Patrícia olhou para André.

— Fácil lavar dinheiro nesse tipo de negócios. Valores subjetivos e altos — disse ela.

— Tenho visto políticos entrando na raça — André completou.

— A mãe agora se diverte assistindo o canal dos leilões na televisão. — Marcelo riu.

— Às vezes gosto de ver o que acontece na pecuária. Paixão antiga.

André ofereceu mais uma rodada de cerveja.

Dona Dirce continuou:

— Lembra do Antoninho? Vendia sêmen na região. Nós compramos muito dele.

— Claro que lembro.

— Ele agora trabalha na leiloeira. É pisteiro e tem muitos clientes. De vez em quando ele vem visitar.

— Vem *filar boia*, você quer dizer — Marcelo interrompeu.

Todos riram.

— Ele contou que no ano passado vendeu vinte e cinco por cento de uma vaca por quase dois milhões num leilão no interior de São Paulo.

— Uma vaca de quase oito milhões… — Patrícia se espantou.

— As matrizes são importantes demais para a pecuária. O melhoramento genético faz parte do processo do aumento da produtividade na cadeia da carne. Uma vaca com potencial fora da média tem que custar caro — Dona Dirce explicou.

— Meu palpite é que muitos são investidores sérios, mas alguns são investidores de caixa dois e não estão procurando produtividade — André concluiu.

— Exatamente — concordou Dona Dirce.

— Vou procurar o Antoninho. Você me passa o contato dele?

— Passo já. — Ela foi até a sala e pegou seu celular.

— Nostalgia? Circulando em Londrina e procurando gente do passado... — falou Marcelo.

— Acho que estou estranhando a vida em Curitiba.

A cozinheira anunciou que o almoço estava servido.

Pouco antes das duas, Marcelo foi chamado para atender um funcionário que estava na porta dos fundos.

Patrícia se desculpou e explicou que precisava voltar para Curitiba.

— Hoje? — perguntou André.

— Hoje. Preciso estar na Promotoria amanhã.

— Eu levo você até o hotel.

— Melhor sair logo. Mulher sozinha não deve pegar estrada à noite — disse Dona Dirce.

André estacionou em frente ao hotel Blue Tree.

— Aconteceu alguma coisa?

— Karina ligou três vezes. Não para de fazer perguntas. E também não tenho mais explicações para o Ricardo. Nunca passei seis dias longe de casa, sozinha. Preciso encarar as coisas.

André não respondeu.

— Você acha que essa mulher, Letícia Albuquerque, está envolvida? — Patrícia perguntou.

— Ainda não sei. Vou procurar o Antoninho. Mas tenho quase certeza. Vitória ouviu o nome dela na noite da festa. Tenho só mais dois dias para entregar a matéria, se quiser que saia no próximo sábado.

— Vou ver o que posso fazer em Curitiba. Você tem mais alguma informação sobre ela?

— Tem um sócio: Carlos Bumachar. Vou saber mais quando conversar com o Antoninho. Se puder, mande esse envelope para o Cássio. Para o endereço do trabalho da irmã dele. Mande um motoboy levar.

André entregou um envelope grande, em papel pardo, com um nome de mulher escrito em letras de forma e um pequeno "Att. sr. Cássio" na linha de baixo.

— Achei melhor fazer uma cópia das anotações da Vitória e um relato dos últimos acontecimentos. Assim ele pode agilizar as coisas por lá — explicou ele.

— Não posso convidar você para subir.

— Sei disso.

— Se cuide.

— O que você vai fazer?

— Procurar informações sobre processos que envolvam essa mulher.

— Você entendeu o que eu quis dizer — ele insistiu.

— Entendi. Mas não tenho resposta.

Ela esperou alguns segundos e abriu a porta do carro, mas não se mexeu. Aproximou-se e beijou André. O beijo rápido nos lábios quentes deixou dúvidas e vontade de parar o tempo.

CAPÍTULO TRINTA E SETE
BUSCA FRENÉTICA

Em Curitiba, a proximidade da noite fazia desaparecer os reflexos alaranjados do lago no Parque Barigui.

Na casa silenciosa, Patrícia quase podia escutar os pensamentos. Gypsy estava deitada no tapete da sala. Os pelos da cachorra contrastavam com as fibras do tapete cor creme. Depois de alguns minutos de carinho e um abraço demorado, Patrícia deixou a labradora abanando o rabo. Largou a mala fechada no quarto, pegou o laptop e atravessou o corredor para o escritório.

Durante duas horas, buscou freneticamente os nomes de Letícia Albuquerque e Eduardo Freitas em todos os papéis que conseguiu encontrar no escritório do segundo andar da casa, mas não achou nada.

Vasculhou vários sites, inclusive jornais regionais e publicações jurídicas de importância irrelevante. Anotou num bloco de rascunho todas as informações referentes à mulher.

Ouviu o barulho da porta da frente e os passos de Ricardo na escada.

— Patrícia?

— Aqui no escritório. — Ela fechou todas as abas, guardou o bloco de rascunho numa gaveta e foi ao encontro do marido.

— Como foi a viagem? — Ele sorriu.

— Cansativa.

— Ainda o processo do Banestado?

— Estamos quase encerrando. A viagem foi a última cartada do Paulo. Acho que não quer dar a impressão de estarmos fazendo corpo mole.

— Vamos jantar? — Ricardo sugeriu.

Enquanto Patrícia esquentava filés de salmão ao molho de *shitake* no micro-ondas, ele abriu uma garrafa de vinho rosé da Provence.

Os movimentos eram ensaiados. Cada um preso nos próprios pensamentos. Durante o jantar, os assuntos superficiais mal preenchiam os longos minutos de silêncio.

Patrícia apertou o botão "eco" da máquina de lavar louça e notou que Ricardo já estava no andar de cima. Ela subiu correndo e entrou no escritório. Encontrou Ricardo parado junto da janela, olhando para a mesa de trabalho. Ela pediu licença e retirou da gaveta o bloco de anotações. Pegou o laptop e saiu.

A busca pelo nome de Letícia Albuquerque continuou no sofá da sala de TV. As notícias no canal Band News se repetiam, enquanto Patrícia teclava, lia e escrevia sem parar.

Uma notificação de mensagem no celular atraiu o seu olhar. Abriu a mensagem do delegado Cássio: "Pode me encontrar amanhã? Onze horas na seção de sapatos da loja Renner no Shopping Mueller".

Ela digitou: "Combinado".

E ele: "Apague as mensagens".

Patrícia imediatamente seguiu a recomendação e pressentiu uma noite insone. Subiu e parou no corredor. Tirou do maleiro uma pequena mala prateada, colocou o laptop e as anotações dentro da mala e girou os botões que inseriam uma senha de quatro dígitos nos dois cadeados embutidos. Entrou no banheiro, mas antes de ligar o chuveiro, colocou um roupão e voltou ao corredor. Tirou a mala do maleiro e a levou para um canto ao lado da janela do quarto vazio.

Quando saiu do banho, ela prendeu os cabelos molhados num coque. Ricardo olhou para a mala e perguntou:

— Quer ajuda para desarrumar a mala?

A pergunta causou espanto.

— Obrigada. Já desarrumei. Essa aqui vou usar para separar algumas roupas para doação.

Patrícia tirou da bolsa o livro *O Nome da Rosa* em edição de bolso e se deitou com o livro aberto.

— Resolveu reler? — O marido olhou fixamente para ela.

— Em dez anos, as perspectivas mudam. Precisei reler para perceber o sentido de algumas passagens. Até alguns conceitos do Umberto Eco precisam de releitura.

Ela resolveu ignorar o olhar fixo do juiz e mergulhou nos parágrafos do livro.

Às sete da manhã, olheiras profundas no seu rosto denunciavam a falta de sono da noite longa.

Patrícia foi a primeira a chegar no prédio da Promotoria, seguida de Karina.

— Bom dia, Karina. Você conseguiu mais alguma coisa sobre o Eduardo Freitas?

— Não. Só o que já está na mídia. Processo em andamento na PF. Sob sigilo.

— Você entregou o inteiro teor da Tânia Kitano para a Ana Claudia?

— Ontem.

— Ótimo. Obrigada. Vou estudar esse processo agora.

Ana Claudia chegou uma hora depois. Óculos de armação cor-de-rosa e a vasta cabeleira vermelha solta, como uma boneca Barbie produzida numa linha de produção de Marte.

— Quero ouvir todos os detalhes. Não pense que vai escapar. — Ana Claudia deu uma risada rouca.

— Pode sonhar. — Patrícia balançou a cabeça e sorriu. — Você conseguiu ler o processo da Tânia Kitano?

— Destrinchei na madrugada.

— E?

— Alguns nomes apareceram em transações bancárias.

— Estou vendo isso aqui também. — Patrícia suspirou.

— Na conta dela no Israel Bank, aparecem depósitos para uma Letícia Albuquerque.

— Preciso ver isso.

Ana Claudia foi até a mesa e ligou o computador.

— Estou enviando as minhas anotações para você. Marquei esse trecho — disse ela.

— Tenho pouco tempo. Vou me encontrar com o amigo do André às onze horas.

— Alguém quer alguma coisa da cozinha? — Karina perguntou.

Patrícia não respondeu, concentrada demais na leitura. Ana Claudia apenas balançou a cabeça.

***

Cinco minutos antes da hora marcada, o delegado Cássio estava parado, olhando através de uma prateleira de sapatos masculinos. Cumprimentou Patrícia com um leve movimento da face e se sentou num banco. Ela se juntou a ele.

— Você recebeu o envelope?

— Peguei hoje cedo na casa da minha irmã. Obrigado. Tem muita coisa ali.

— Esbarramos em alguns nomes novos, além daqueles que já estavam na sua mira.

— Eu vi. — Ele pegou um sapato na prateleira e olhou ao redor antes de voltar ao banco.

— Acho que existe uma ligação entre Eduardo Freitas, Tânia Kitano e Letícia Albuquerque — Patrícia foi direta. — Não sei se deveria dizer isso, mas André confia em você.

— Estou sendo afastado dessa investigação.

— Por quê? — Ela se empertigou.

— Essa gente não brinca. Apareceu uma alegação de vazamento de informações. Uma câmara instalada dentro da superintendência da PF. Nem sei como foi parar lá.

— O que você vai fazer?

— Me afastar. Manter distância e trabalhar nos bastidores, mas não posso forçar ou me mandam para um buraco bem longe.

— Inacreditável. — Ela balançou a cabeça, inconformada.

— Qual é a ligação entre eles? Eu tenho uma pessoa na força-tarefa em quem podemos confiar.

— O Israel Bank. Letícia Albuquerque operava uma conta no banco. Eduardo Freitas e Tânia Kitano também movimentaram dinheiro lá. Tenho certeza de que vocês vão encontrar grandes movimentações desse trio na agência de Nova York.

— E, segundo André, existem provas que eles investiam em obras de arte e gado para esquentar essa dinheirama.

— Meu marido também tinha uma conta neste mesmo banco — Patrícia falou de supetão.

O delegado olhou para ela.

— Talvez exista uma conexão entre eles.

— Talvez — ela falou baixo.

— Vou passar todas essas informações para ela.

— Ela...?

— Você logo vai saber quem faz parte da força-tarefa. Mas acho melhor não nos encontrarmos mais. Vocês correm o risco de perder provas por vazamento e eu, de perder o emprego — ele se despediu e saiu apressado.

Patrícia vagou pelos corredores do Shopping Mueller. Precisava pensar. Precisava falar com André. Precisava conversar com alguém.

Decidiu ligar para Ana Claudia.

No segundo andar do shopping, o restaurante estava cheio. Uma pequena fila se formava em frente à balança. As duas encheram seus pratos no bufê de saladas e foram para a fila.

Conseguiram lugar numa pequena mesa no meio do salão apertado.

— Você pode acreditar que afastaram o delegado Cássio? — desabafou Patrícia.

— Vocês se meteram num grande vespeiro. Temos que tomar cuidado.

— Estou assustada. Não sei mais em quem podemos confiar.

— Quanto antes as informações se tornarem públicas, melhor. Um inquérito em andamento, com bastante visibilidade, traz segurança — disse Ana Claudia.

— Essas contas no Israel Bank estão me tirando o sono. Ricardo tinha conta nesse banco na mesma época que Tânia Kitano e Letícia Albuquerque. Eduardo Freitas tinha conta lá também e era conhecido do meu marido.

— Talvez esteja aí a ligação. Todos eles movimentavam dinheiro lá. Todos envolvidos de alguma forma nesse esquema. Mas o que vamos fazer se tropeçarmos em alguma situação que envolva o seu marido?

Patrícia tentou disfarçar o constrangimento, mas seus olhos mostravam as lágrimas contidas com esforço.

— Se houver envolvimento, preciso conversar com ele. Deve existir uma explicação.

— Eu vou atrás de qualquer informação sobre essa Letícia Albuquerque. Faço parte de alguns grupos. Um do TJ, outro da procuradoria — disse Ana Claudia. — Quem sabe descubro alguma coisa.

— Você vai se expor demais.

— Não vejo outro jeito.

Patrícia percebeu a força do vínculo entre elas. Em tão pouco tempo, tinham formado uma parceria que poucas vezes na vida as pessoas têm a sorte de encontrar. Mulher-Maravilha e Capitã Marvel num roteiro real.

CAPÍTULO TRINTA E OITO
NOVELO

Os segundos se arrastavam na tarde quente.

Patrícia voltou aos arquivos à procura de alguma migalha de informação escondida nas pastas antigas. Karina apareceu ao lado dela.

— Precisa de ajuda?

— Na verdade, não sei muito bem o que estou procurando. Qualquer coisa sobre Letícia Albuquerque ou Tânia Kitano.

— Já revirei tudo aqui. O que você quer encontrar sobre essa Letícia?

— Qualquer citação. Mesmo como testemunha. Ela pode ser uma peça importante porque tudo indica que está lavando bastante dinheiro.

— Se precisar de mim, avise. Vou fazer café.

Alguns minutos depois, Karina estava de volta, segurando duas canecas de café.

— Ana Claudia pediu para você descer.

Do corredor, Patrícia pôde ouvir a frase entusiasmada:

— Consegui um nome! — Ana Claudia pulou da cadeira como uma garça. — Uma juíza que foi procuradora na época e está em licença fora do Brasil. Parece que existiu um processo contra Letícia Albuquerque na época do Banestado.

— Já tentou falar com ela?

— Deixei recado. Espero que o telefone que me passaram esteja certo.

198

Karina olhava de um lado para outro, parada na porta.

Patrícia prendeu a respiração por um momento.

— E agora?

— Agora esperamos — respondeu Ana Claudia.

— Vou falar com o Paulo. — Patrícia saiu apressada.

— Ele não está aqui — Karina falou em voz baixa, quase inaudível.

— Ele não está aqui! — Ana Claudia repetiu, mas ela continuou a descer a escadaria.

A louça e os azulejos do banheiro denunciavam a idade da casa. Patrícia olhou para sua imagem no espelho e apenas desejou que as evidências não destruíssem a história de sua vida com Ricardo, que a justiça não a obrigasse a personificar o carrasco do homem que tinha sido sua única família por mais de dez anos.

Quase duas horas depois o celular de Ana Claudia vibrou e, ao mesmo tempo, executou uma sinfonia histérica.

Na segunda frase, fez um sinal afirmativo para Patrícia e continuou a conversa telefônica:

— Estamos trabalhando num processo que envolve alguns personagens da época do Banestado, com interesse especial em Tânia Kitano e Letícia Albuquerque.

Patrícia e Karina se aproximaram numa tentativa de ouvir a voz do outro lado da conversa.

Enquanto segurava o celular com uma mão, Ana Claudia sinalizava com a outra.

Paulo apareceu na porta.

— Cheguei. Estavam precisando de mim?

Ana Claudia levantou a mão direita.

Ele entrou e esperou que ela desligasse.

— Podem fazer fila — Ana Claudia falou e tirou um pacote de castanhas da gaveta.

— Fila pra ganhar castanha? — Paulo brincou.

— Para dar os parabéns para a melhor!

— O que ela falou? — Patrícia não conseguiu embarcar na brincadeira.

— Quase nada. Disse que não está na cidade. Vai procurar suas antigas anotações.

— Mas ela levou tanto tempo para dizer isso? — Karina perguntou.

— Carente de trabalho. Abstinência — respondeu Ana Claudia.

— Quando vocês quiserem me contar o que está acontecendo, estarei na minha sala — disse Paulo.

— Preciso comer alguma coisa. Não almocei. Vamos, Patrícia?

Karina notou em Ana Claudia um sutil movimento de cabeça.

Na calçada em frente à porta de entrada, Patrícia falou:

— O que ela disse?

Ana Claudia suspirou.

— Ela lembra do processo. Disse que foi a sua primeira decepção com a Justiça. Inesquecível. Vamos dar uma volta?

As duas caminharam em direção à praça.

— Letícia Albuquerque foi acusada de lavagem de dinheiro na época do Banestado. A PF achou um e-mail dela para Roberto Assad. No e-mail, ela falava de várias transações do baixo clero dos operadores do mercado de câmbio negro da época. Antes de ser desmantelada, a Operação Macuco conseguiu quebrar o sigilo de algumas pessoas em Nova York. Uma delas foi a Letícia Albuquerque. O outro nome, Roberto Assad, ficou célebre por causa da delação.

— Ela nunca cumpriu pena. Não existe nada nos arquivos.

— Mas a acusação aconteceu — Ana Claudia reforçou a afirmação com a cabeça.

— Quem era o juiz?

Ana Claudia evitou o olhar de Patrícia.

— Ricardo Cunha.

Patrícia desabou num banco da praça.

— Ordenou arquivamento por falta de provas. — Ana Claudia se sentou ao seu lado.

— O que ela disse sobre as provas?

— Que eram mais que suficientes. Mas ela estava com a promotoria. É de se esperar que não tenha gostado do veredito.

— Qual era o papel de Letícia no esquema?

— Operadora, mas ao que tudo indica era independente. Esquentava o dinheiro e usava várias contas bancárias e várias empresas mundo afora.

— Inclusive no Israel Bank — Patrícia falou num sussurro.

— Inclusive no Israel Bank.

As duas ficaram em silêncio. Dois adolescentes passaram por elas. Um cheiro forte de maconha formava uma nuvem em volta deles.

— Preciso sair um pouco.

— Vou levar você — disse Ana Claudia.

— Eu estou bem. Posso dirigir até o Barigui.

— O que você vai fazer?

— Não sei. Preciso pensar.

— Se precisar de mim, nem pense em não ligar. Qualquer hora. Eu durmo pouco.

No caminho de volta, Ana Claudia viu a imagem de Karina na janela do segundo andar. Seu olhar voltado para elas através do vidro, falando ao celular.

Sem dizer nada, Patrícia pegou sua bolsa, foi até o carro e dirigiu como um robô bem programado.

Na garagem de casa, ela ouviu o toque do celular. Viu o nome de André na tela do computador de bordo e ficou imóvel até o toque emudecer. Ela olhou para a bicicleta pendurada na parede e percebeu o quanto precisava movimentar seu corpo para encarar seus demônios. Ainda no modo robô, vestiu uma bermuda de ciclismo e uma camiseta branca.

Quando chegou ao parque, ela escolheu um trajeto secundário e acelerou o ritmo das pedaladas, sem prestar atenção na água do lago. Sem escutar o barulho dos patos.

A revelação penetrou lentamente, enquanto as rodas da bicicleta giravam em alta velocidade. Ricardo tinha sido seu herói, seu homem. Ela procurava uma explicação, alguém para culpar pelas escolhas erradas que só tinham ele próprio para declarar como culpado.

Quando eram apenas namorados, ela se encantava com a seriedade dele, admirava a maneira como mergulhava no trabalho por horas intermináveis. Alguns o consideravam obsessivo, mas Patrícia enxergava um homem que entendia a Justiça como poucos. Nos primeiros anos como marido e mulher, viviam num pequeno apartamento no Alto da Rua XV. Nessa época as discussões eram uma constante, mas eram sempre uma troca de ideias inteligentes, carregadas de carinho. Com o passar dos anos, as discussões perderam a aura divertida e se transformaram em comentários frios, carentes de carinho.

No pequeno apartamento, o juiz costumava chegar tarde para o jantar, orgulhoso do seu trabalho noturno como professor universitário. Patrícia sabia que ele adorava se sentir venerado pelos alunos.

A construção da nova casa tinha começado como um sonho que pouco a pouco se fantasiava de realidade. As paredes cresciam enquanto Ricardo deixava de ser a pessoa que ela conhecia. Janelas e portas colocadas, ela percebia que era um planeta que orbitava ao redor do marido solar. Com a chegada dos móveis e caixas de papelão que carregavam a mudança do casal, veio também a sensação de que o juiz Sol perdia calor e força gravitacional para sustentar a órbita do planeta Patrícia ao seu redor.

Nada fazia sentido.

As lágrimas escorreram, se misturavam ao suor salgado que pingava da sua testa.

Quando o pulmão não suportou mais o esforço respiratório e os músculos das coxas arderam com intensidade insuportável, Patrícia decidiu voltar para casa.

CAPÍTULO TRINTA E NOVE
PEÇAS DO QUEBRA-CABEÇA

Antoninho continuava magro e cambaio.

Dona Dirce pediu a Marcelo que visitasse as instalações de um silo numa cidade vizinha, criando um ambiente sossegado para o almoço.

— Você não mudou muito. — Ela foi ao encontro do homem e recebeu um abraço carinhoso em frente à porta, na sala de visitas.

— E você não mudou nada. Só ficou famoso! Senhor *jornalista premiado*. — Antoninho sorriu e bateu com força no ombro de André.

Os três se acomodaram nos dois sofás da sala, e logo a cozinheira trouxe bolo, café, limonada e bombons de morango.

A conversa visitou casos engraçados do passado, até que o presente foi introduzido.

— Você trabalha na leiloeira agora? — Como sempre, André foi direto.

— Há dois anos. Conheço muita gente da pecuária, então a mudança foi boa. Ganho mais.

— Ficamos surpresos com os valores nos leilões — foi a vez de Dona Dirce observar.

— Os preços subiram muito. Para nós é muito bom, mas, na verdade, preocupa um pouco.

— Você acha que é uma espécie de bolha?

— Eu nem posso dizer uma coisa dessas, mas o preço alto afugenta o comprador que não consegue pagar tanto. O mercado não para de crescer, mas, por outro lado, fica pequeno. — Ele se serviu de uma enorme fatia de bolo com cobertura de brigadeiro mole e devorou cada garfada com uma expressão de êxtase.

— Mas tem gente comprando muito. No leilão do Zeca, uma mulher comprou vários lotes caros. A rainha! — André abriu os braços num gesto de grandiosidade e abaixou a cabeça em reverência, como se estivesse em frente a uma rainha, e riu.

— Letícia Albuquerque... a rainha. Compra muito. Tem fazenda em Maracaju. Sócia do Carlos Bumachar no rebanho de elite. Fizeram um leilãozaço no ano passado. Show do Luan Santana, campeonato de pesca. Vou te avisar no próximo. Uma festa mesmo. Até o presidente foi.

— O presidente *presidente*? — perguntou Dona Dirce.

— Ele mesmo. O Bumachar é o amigo número um do homem.

— Que loucura! Eu lembro do nome dele. Frequentava as exposições de gado, mas não sabia que era tão poderoso — continuou ela.

— Comprou a Usina São Mateus.

— E a rainha? É sócia na usina? — Foi a vez de André se servir de bolo e limonada.

Um barulho de motor atraiu a atenção de André. Pela janela da sala, viu passar um entregador, de moto, que estacionou duas casas adiante.

— São sócios só no gado. As terras são dele. Ninguém sabe de onde vem o dinheiro dela.

— Ela paga em dia?

— Nunca atrasou uma parcela. Sabe o Gonzalo Duarte, presidente da Mars do Brasil?

— Claro, multinacional enorme. Maior consumidor de cacau do planeta.

— No lançamento do sorvete Mars, ele contratou show de duas bandas celebridades. Teve show no leilão dele em Bauru. Adivinhe de quem?

— As mesmas duas bandas. Ele dá um jeito de incluir um *pocket show* no valor do contrato, sem o consentimento da matriz. Acerta um valor de contrato mais alto e leva a sua pequena vantagem — adivinhou André.

— É o que dizem. E parece que ele anda atrasando umas parcelas. Não sei se a Mars já não cansou de pagar a conta das festas caras dele.

— Mas você estava falando da mulher.

— Ah, isso. Só lembrei que foi a vendedora do lote mais caro do leilão dele. Recebeu um milhão e oitocentos por uma novilha bem nova.

— E você acha que ela faz algum tipo de lavagem de dinheiro nesse comércio?

— Por acaso você está escrevendo sobre isso? — Ele olhou para André com espanto.

— Para ser sincero, estou pesquisando.

— Você sabe que eu devo muito a vocês. Sempre me ajudaram nos apuros financeiros, mas não posso aparecer. Esse pessoal acaba criando essa bolha. Assustam o mercado, porque a grande maioria é gente honesta e não faz nada disso.

— Eu sei. Mas infelizmente tem gente usando obras de arte, joias e outros meios para esquentar dinheiro. Devem usar a venda de animais da mesma maneira. Quem pode determinar o valor de uma vaca, um cavalo ou uma obra de arte? Somente comprador e vendedor, ou seja, o valor da transação pode ser pura ficção.

Dona Dirce mudou o rumo da conversa, e André entendeu que seu tempo como jornalista estava esgotado.

— Foi bom encontrar vocês — Antoninho se despediu e mais uma vez pediu que André não mencionasse seu nome.

— Meu filho, o que você está pesquisando? — perguntou Dona Dirce.

— Lavagem de dinheiro — ele falou calmamente.

— Não gosto quando você se mete em matérias polêmicas. E você só faz matérias polêmicas.

Ele riu.

— E cuide para não expor o Antoninho. Ele precisa do emprego. A seleção genética é importante para a pecuária e muita gente trabalhadora vive disso.

— Não vou expor o nome dele, nem vou sair atirando em qualquer passarinho. Um grupo muito pequeno merece virar alvo da minha metralhadora.

André pegou o celular e ligou para Patrícia. Esperou ouvir a voz dela, mas somente uma mensagem de ligação não atendida apareceu na tela.

Dona Dirce moveu os enfeites da sala e arrumou as almofadas dos sofás. André percebeu o nervosismo da mãe.

— É só uma matéria sobre lavagem de dinheiro e caixa dois. Nada tão bombástico.

— Eu conheço você.

Ele riu. Depois a abraçou.

— Chegou a hora de voltar para Curitiba. Tenho prazo para entregar a matéria e já consegui bastante material.

Ela segurou a mão dele com delicadeza.

— Prometa que vai se cuidar e que não vai demorar tanto para voltar.

André arrumou suas roupas em poucos minutos. Laptop, iPad, carregador, blocos de anotação e livros foram cuidadosamente colocados numa mochila preta.

Ligou para Tereza, despediu-se e prometeu voltar logo.

Antes de dar partida no carro, fez mais uma tentativa de falar com Patrícia. Novamente a ligação acabou na caixa postal.

Em seguida, encontrou no Google o número de telefone do local de trabalho dela. Perguntou pela promotora e foi informado de que Patrícia não estava. Estranhou a ausência dela no trabalho.

Uma hora depois, parou num posto de gasolina na estrada. Novamente sua ligação foi para a caixa postal.

Na Promotoria, uma voz feminina informou que Patrícia não voltaria hoje. André pediu para falar com Ana Claudia.

— Estou tentando falar com Patrícia. Na verdade, estou um pouco preocupado.

— Ela esteve aqui hoje, mas saiu mais cedo. Não estava se sentindo muito bem — Ana Claudia mentiu.

— Se ela entrar em contato com você, por favor, avise que preciso muito falar com ela.

Enquanto dirigia, ele pensava numa teia costurada com as linhas que ligavam as personagens daquela novela. A Polícia Federal precisaria seguir cada linha fina e delicada com muito cuidado para estabelecer todas as ligações. Procurar as contas bancárias enterradas em nomes de diferentes empresas. A Justiça precisaria forçar os envolvidos e delatar uns aos outros, ou então a teia seguiria intacta, mostrando um entrelaçamento de linhas cada vez mais instransponível.

Ele não tinha tanta certeza da vontade do sistema. Poucos queriam arrebentar os cabos de sustentação de uma teia que alimentava tantas figuras da vida pública e da própria Justiça.

Na metade do caminho para Curitiba, André estacionou em frente a uma loja de conveniências e ligou para Patrícia. Ouviu uma nova mensagem de voz.

Acelerou além do limite de velocidade, ignorando os radares posicionados ao longo da estrada. Ele sentia que precisava correr contra o tempo, mas o ponto de chegada ainda era incerto.

CAPÍTULO QUARENTA
JOGO PERIGOSO

O sol ainda não dava sinal de arrefecer. Às seis da tarde, a luz amarelada continuava intensa. Patrícia olhou para a tela do celular tocando insistentemente. Não podia falar com André. Simplesmente não sabia o que dizer. Ainda não sabia o que *pensar*.

A casa vazia não oferecia paz, somente solidão.

Gypsy se aproximou dela como se quisesse devolver um pouco da energia que estava acostumada a encontrar na sua melhor amiga.

O toque do celular quebrou o silêncio assustador. Patrícia decidiu atender Ana Claudia.

— Você está bem? — A voz da amiga não mostrava a alegria de costume.

— Acho que sim. Ricardo não está em casa. Avisou que vai chegar tarde.

— Quer conversar? Quer que eu vá até a sua casa?

— Preciso falar com ele antes que tudo isso apareça na mídia. — Patrícia caminhou pela sala, sem destino, enquanto falava no celular.

— André está tentando falar com você — Ana Claudia falou em tom casual.

— Eu não posso falar com ele ainda — a promotora falou baixo, num tom cansado.

— Ele está preocupado — a amiga insistiu.

— Vou avisar que estou bem, mas tenho que ouvir Ricardo. Eu devo isso a ele. Você entende?

— Na verdade, não entendo. Mas se você diz que deve, então talvez tenha essa dívida.

Patrícia não respondeu.

— Eu vou até aí — Ana Claudia foi incisiva.

— Vamos tomar uma taça de vinho na Carolla? — Patrícia convidou.

— Vinho com pizza de *mozzarella* de búfala. Par perfeito.

— Vou tomar um banho e encontro você lá.

Ana Claudia pegou uma lata de Coca-Cola na geladeira. Puxou o lacre e ouviu o barulho bem conhecido do gás escapando pela abertura. Tomou cinco goles do refrigerante e voltou à sala com a lata na mão.

Quando abriu a porta, viu Karina curvada sobre a mesa de Patrícia. Uma das gavetas estava aberta. Os papéis continuavam empilhados de forma organizada.

— O que você está fazendo?

— Procurando um documento para Patrícia.

— Estranho, acabei de falar com ela. Qual é o documento? Posso te ajudar? — ela levantou a sobrancelha e encarou a funcionária.

Karina fechou a gaveta e negou com a cabeça.

— Só um processo mais antigo sobre um diretor do Banestado que foi condenado, mas teve a pena prescrita.

— Quem era? — Ana Claudia se aproximou da mesa.

— Sergio. — Karina recuou o corpo num movimento reflexivo.

— Sem sobrenome? — A cabeça da chefe chegou mais perto, como a cabeça de mamífero agressivo prestes a mostrar suas quatro presas afiadas.

— Ela disse o sobrenome, mas não consegui ouvir.

— E você achou alguma coisa?

— Não.

— Então vamos embora. — Ana Claudia olhou para Karina.

Karina hesitou.

— Preciso mesmo estudar para uma prova — respondeu.

Ana Claudia esperou por Karina e então apagou a luz da sala.

Antes de entrar no carro, ela digitou uma mensagem para Patrícia: "Você pediu para Karina procurar um documento envolvendo um diretor do Banestado?".

Patrícia fez uma ligação de celular, usando a conexão *bluetooth* no carro.

— Chego em cinco minutos. Pode descer.

— Você viu minha mensagem sobre a Karina? — perguntou Ana Claudia.

— Não entendi muito bem.

— Você pediu para ela procurar algum documento?

Patrícia rebateu de pronto:

— Não. Por quê?

— Venha me buscar. Já conversamos.

Durante o trajeto de cinco quadras até o prédio na rua Martim Afonso, Patrícia pensou em todas as vezes que Karina se ofereceu para acompanhá-la. O que ela procurava em sua mesa? Para quem?

Ana Claudia usava um batom marrom. Sua boca sobressaía em contraste com a pele clara. A luz do poste da rua refletiu as mechas mais claras dos cachos ruivos do cabelo solto. Ela quase saltitava na calçada em frente à porta do edifício. Ao seu lado, Cristina carregava uma sacola de nylon.

Dois homens estacionaram uma moto em frente ao carro de Patrícia. Usavam boné preto e roupas escuras. Quando ela percebeu que os homens tinham o rosto coberto por bandanas amarradas atrás da cabeça, acenou para Ana Claudia, fazendo sinal para que voltassem para dentro do lobby do prédio. No mesmo instante, um carro estacionou atrás do carro dela. Um homem saiu pela porta do passageiro. Tinha o rosto descoberto. Barba e bigode à mostra.

Ana Claudia puxou Cristina com força, tentando voltar para a entrada do edifício, mas os dois homens da moto foram mais rápidos. Um deles agarrou Ana Claudia por trás. Tentou empurrá-la para o carro, mas ela mordeu a mão dele com toda a força da mandíbula. O homem xingou alto. A distração deu a Cristina alguns segundos para abrir a bolsa e alcançar um pequeno halter de dois quilos que foi arremessado contra a têmpora do segundo homem. O lenço que cobria seu rosto não conseguiu abafar o grito de dor.

Cristina era uma mulher forte. Sua musculatura tinha sido construída em muitos anos de treinamento duro e diário. Sócia de uma academia de crossfit, ela ainda participava de competições e treinava os alunos seis dias por semana. Naquele momento, seu corpo respondeu rapidamente ao comando de alerta. Ela fez um movimento brusco e jogou a bolsa pesada nas costas do homem que segurava Ana Claudia. O passageiro do carro se aproximou e tentou puxar Cristina pelo braço, mas Ana Claudia o empurrou.

Cristina aproveitou para chutar o joelho do homem.

Num reflexo, Patrícia saiu do carro e correu na direção de Ana Claudia. Na fração de segundo que se seguiu, Cristina percebeu a chance de fugir e agarrou Ana Claudia pelo braço. As duas correram para o carro de Patrícia.

O motorista do carro estacionado logo atrás saiu do veículo, mas hesitou quando Patrícia gritou por socorro. No mesmo instante, ela deu meia-volta, correu para o banco do motorista da sua caminhonete Discovery e deu a partida. Ana Claudia pulou para o banco de passageiro e Cristina só teve tempo para se enfiar no banco de trás. A porta ainda estava escancarada quando o carro saiu em disparada.

— Entre no mercado. Rápido! — foi Ana Claudia quem falou num timbre agudo, três frequências acima do normal.

Patrícia cortou a frente de uma Toyota e ouviu uma buzinada estridente. Virou à esquerda e entrou no estacionamento aberto do supermercado Festval. Àquela hora, muita gente transitava por ali e ela ficou parada à espera de uma vaga.

As três mulheres estavam ofegantes. Assustadas, olhavam pelas janelas do carro à procura de homens com o rosto coberto.

— Vamos ficar aqui um tempo. Tem segurança e gente passando — disse Patrícia.

— O que foi aquilo? Assalto? Por que você reagiu, Ana? — Cristina sacudia a cabeça sem parar, tão exasperada que sua voz crepitava como ruído de estática num cabo de telefonia. — Eu estava chegando e resolvi levar a Ana até o carro. Me despedir. Foi uma sorte — continuou ela, enquanto apertava a mão de Ana Claudia.

— Estranho demais esse assalto. Por que não levaram o carro? Queriam nos assustar? — observou Patrícia.

— Conseguiram! — Cristina soltou o cinto de segurança e se mexeu no banco de trás.

— Tenho certeza disso. Um aviso. Eu te disse que peguei Karina fuçando na sua papelada. Ela inventou uma história, mas alguém ficou tão preocupado com o que estamos fazendo que pagou Karina para nos espionar.

— Você tem certeza?

— Sapato nenhum passa por mim despercebido. Na última semana, Karina apareceu com dois sapatos novos e caros demais para o salário dela.

— Não posso acreditar... — Patrícia não conseguiu terminar a frase.

— Você acha que seu marido seria capaz disso?

— O quê? — Ela balançou a cabeça com convicção. — Não. *Nunca*.

— E alguém que trabalha com ele?

— Não sei. Mas por que ele? Pode ser alguma outra pessoa envolvida nisso.

— Porque a história ainda não vazou. Pouca gente sabe o que está acontecendo.

— Karina, a que trabalha com vocês? Vocês têm que sair de Curitiba por um tempo. Não podem ficar aqui. Hoje nós tivemos sorte, mas o que pode acontecer amanhã? — interrompeu Cristina, a voz desafinada, apreensiva, enquanto apertava o braço da namorada sentada na sua frente.

— Vamos pra minha casa. Preciso falar com Ricardo — Patrícia interrompeu.

— Você acha seguro? — perguntou Ana Claudia.

— Acho.

Patrícia manobrou o carro com dificuldade no estacionamento pequeno demais para a quantidade de carros e saiu em alta velocidade pela rua Martim Afonso.

CAPÍTULO QUARENTA E UM
O JUIZ

As luzes da casa estavam acesas.

Nenhum prato na mesa de jantar.

— Ricardo? — Patrícia gritou.

Ela levou Ana Claudia e Cristina para o andar de cima e mostrou a suíte de hóspedes. Na gaveta do banheiro, encontrou uma escova de dentes nova. Foi até o seu quarto e voltou com uma pilha de camisolas e mais duas escovas de dentes ainda na embalagem.

— Se vocês precisarem de mais alguma coisa, podem gritar.

— Obrigada. Você também — disse Ana Claudia.

Patrícia vestia uma calça jeans e tênis branco. O colar de ouro branco e pedras pretas contrastava com o branco pleno da blusa de tecido fino.

Quando abriu a porta da varanda, ela sentiu o ar quente e seco penetrar na casa fria.

Ricardo olhava para o horizonte escuro.

Sobre a mesa redonda, uma garrafa de uísque Johnnie Walker de rótulo azul e um balde de gelo. A garrafa de vidro transparente mostrava que mais da metade do líquido amarelado havia sido consumido. No balde, sobrava apenas água e duas pedras de gelo.

Patrícia sentiu um aperto no peito. O silêncio carregado de terror pareceu durar uma eternidade.

Ela mexeu os lábios, mas a voz se engasgou nas profundezas da garganta.

Voltou para dentro da casa e abriu a porta de vidro da cristaleira. Pegou um copo de uísque e abriu novamente a porta da varanda. Uísque não era sua bebida favorita, mas naquele momento, o sabor intenso do malte e os quarenta por cento de teor alcoólico serviram como anestésico.

Ela afundou na cadeira ao lado do marido.

— O que aconteceu com você?

Ele sacudiu a cabeça e evitou o olhar dela.

— Tudo mudou — ele falou baixo. — O trabalho deixou de ser importante. Entregamos tanto tempo para esse país em nome de um conceito de justiça. Como se isso fosse possível... — Ele levantou e se serviu de mais uma dose de uísque.

— O que você está dizendo, Ricardo? É o que nós fazemos. Possível ou impossível, pouco importa. Nós escolhemos. Você escolheu! — O medo na voz dela soava como arrogância.

Encostado no parapeito, ele respondeu sem olhar para ela:

— Escolhi numa outra vida.

— Você acredita mesmo nisso? — Patrícia estava gritando.

— Eu sabia que o risco estava lá, mas não tinha importância. Eu experimentei o veneno da certeza. Eu jamais seria vítima da minha própria justiça.

— E o que você é agora? Eu não consigo entender.

— Sou o homem que se casou com você. Esse homem não mudou.

— Nem sei mais com quem me casei. O homem com quem me casei não venderia uma sentença.

— Logo você tinha que tropeçar nesse nome. Letícia Albuquerque. Sonhei com esse nome durante muito tempo. Me perseguia nas noites de insônia.

— Como você sabe que esbarrei nesse nome? — Patrícia perguntou.

— O Joaquim me ligou antes de você chegar.

Patrícia ficou espantada com a naturalidade do tom de voz do marido. Como se estivesse falando de uma outra pessoa.

— Como o Joaquim soube que eu esbarrei nesse nome? — A voz saiu mansa, conformada.

— Não sei. Alguém deve ter falado com ele.

— Karina. — Ela se levantou num salto. — Vocês pagaram minha assistente para me espionar?

— Se alguém pagou, não fui eu.

— Então fica tudo certo... Você não sabia.

Ele permaneceu em silêncio.

— O que mais você sabe agora? — ela esbravejou.

— Anos depois, um jornalista resolve remexer nos processos do Banestado. E de todas as pessoas do mundo, ele procura você para a coleta de informações. — Ele permanecia sentado.

Em pé, Patrícia gesticulava e falava. Parecia uma leoa ao lado de uma formiga.

— Ricardo, você recebeu dinheiro para não condenar uma mulher que montou uma banca de lavagem. Você recebeu dinheiro numa conta no Israel Bank de Nova York para deixar livre uma mulher que lavou milhões de dólares. Uma criminosa parceira do Roberto Assad. Uma criminosa especialista em fabricar lucros e esconder os rastros.

— Um crime menor. Ela não desviou o dinheiro.

Patrícia sentou e balançou a cabeça.

— Você é um juiz. Como pode dizer isso? — Ela olhou para ele, indignada.

— Quantos roubaram de verdade naquela época? Esses trinta bilhões de dólares foram desviados por outras pessoas.

— Mas ela é tão culpada quanto eles. Se não fosse pelas "Letícias", esses trinta bilhões de dólares desviados em esquemas de fraude e corrupção não estariam enterrados nas teias de corretoras e empresas de fachada e comércio fraudulento de quadros, joias e cavalos. Você conhece muito bem esse filme.

— Ela sairia em três anos, no máximo. Os outros talvez nem fossem indiciados. Os trinta bilhões estavam espalhados pelos paraísos fiscais. Eu não tinha dinheiro suficiente para comprar este terreno. Você queria morar numa casa e adorou o lugar.

— Claro que adorei o terreno! Mas preferia viver num estúdio de estudante se soubesse que você... — ela não terminou a frase. Sentiu a energia abandonar seu corpo. Fazia um esforço enorme para compreender a atitude do marido, mas não conseguia acreditar que, durante tanto tempo, tinha dividido sua vida com um desconhecido.

— Você quer que eu vá embora? — ele a encarou, seu olhar parecia desfocado.

— *Eu* vou embora. Essa casa é sua. Você pagou caro demais por ela.

O som do toque do celular dela soou distante, abafado dentro da bolsa de couro esquecida no sofá da sala.

Patrícia se serviu de mais uma dose de uísque.

Os dois ficaram em silêncio por quase meia hora. A escuridão da noite invadindo a varanda, sugando o ar do ambiente.

— E depois? Quantas vezes mais você aceitou pequenos favores? O que você ganhou da advogada filha da desembargadora?

Ele não respondeu.

— Nós fomos atacadas por três homens. Você sabia disso ou foi seu amigo Joaquim quem organizou o ataque? Ana Claudia e a namorada estavam comigo. Nós conseguimos fugir, mas os homens estavam encapuzados. Gente perigosa. Podiam ter nos matado! — Ela bateu a mão na mesa, irritada.

— O que você está dizendo? — Ricardo levantou a cabeça e arregalou os olhos.

— Você achou que podia controlar até onde chegar como criminoso? Quando abre a porteira, deixa passar a boiada. Se juntou com bandidos e imaginou que todos jogariam pelas suas regras? Pelo jeito, seu amigo Joaquim não concorda com o seu limite moral.

O juiz balançou a cabeça e deixou os braços caírem como pêndulos de chumbo junto ao corpo. O copo de uísque ficou pendurado por apenas dois dedos.

— Você sabe que eu jamais deixaria você sair de casa. A casa é sua — ele disse.

— Você perdeu o direito de deixar ou não deixar.

O celular tocou novamente.

Ela foi até a sala e viu a notificação de cinco ligações perdidas. Todas chamadas de André.

Patrícia desbloqueou a tela e imergiu no sofá, a cabeça reclinada no encosto.

Ele atendeu no primeiro toque.

— Você está bem? Eu fiquei muito preocupado.

— Desculpe. Aconteceu muita coisa. Não pude falar com você.

— Eu falei com a Ana Claudia. Ela disse que vocês foram atacadas, mas que já estão na sua casa.

— Estamos bem. Tivemos sorte.

— Você está bem mesmo?

— Não sei. — Sua voz soou rouca, enfraquecida.

— Você está me assustando.

— Aquilo que eu mais temia, aconteceu. Virou uma verdade insuportável.

Ela respirou fundo e fechou os olhos.

— Eu vou te buscar — disse ele.

Patrícia não disse nada. Ficou sentada no sofá, na mesma posição. André podia ouvir o som da respiração dela.

— Patrícia? Eu vou te buscar.

— Venha.

Ela olhou na direção da varanda e viu Ricardo parado no vão entre as portas de vidro, os braços abertos, como se tentasse impedir que elas o esmagassem.

Ele caminhou devagar e parou ao lado do sofá.

— Como teria sido nossa vida se nunca tivéssemos saído daquele apartamento minúsculo no Alto da Rua XV? E se eu tivesse levado meu irmão naquela noite? Se tivesse sido eu a morrer naquele acidente? Meus pais teriam sido felizes. Você teria sido feliz.

Ela abriu os olhos, mas ficou calada.

O juiz subiu e entrou no escritório.

Patrícia subiu e bateu na porta do quarto de hóspedes.

— André vem nos buscar.

— O que aconteceu? — disse Ana Claudia, após notar a expressão desesperada no rosto dela.

Ela sacudiu a cabeça e foi para o quarto. Pegou uma bolsa de couro branco repleta de logos da marca Goyard. Mais um presente do juiz durante uma viagem à Europa. Patrícia suspirou e, por um instante, pensou nos vinhos, jantares e viagens que se transformaram em rotina, sem questionamento.

Durante todos aqueles anos, ela esteve hipnotizada ou deslumbrada? Poderia ter sido mais atenta? Mais desconfiada?

Sem pensar, colocou algumas roupas, calcinhas e uma camisola na bolsa.

Estava no alto da escadaria quando ouviu um estrondo e percebeu uma vibração dos vidros. Um ruído penetrante vindo da varanda invadiu todos os cantos da casa.

Ana Claudia e Cristina apareceram no corredor.

Patrícia largou a bolsa e correu. Pulou degraus e se equilibrou usando o corrimão prateado. Correu para atravessar as duas salas, mas se deteve na porta da varanda.

O tecido branco esvoaçante das cortinas ao lado das portas de vidro seguia o ritmo do vento, ignorando a correria das três mulheres.

Os braços de Ricardo estavam numa posição que não fazia sentido. O cotovelo esquerdo grudado ao corpo, o antebraço torcido lembrava uma marionete malconduzida. As pernas do juiz tinham se cruzado de maneira descuidada. Mas ela não conseguia decifrar a expressão no rosto do marido.

Silenciosamente, Ana Claudia parou ao lado de Patrícia.

Uma pistola estava conectada ao juiz pela ponta do dedo da mão direita.

Patrícia deu um passo na direção de Ricardo e estendeu o braço para pegar a pistola, mas foi impedida pela mão de Ana Claudia.

Braços, pernas e olhos inertes gritavam significados que Patrícia se recusava a compreender. O tempo não existia mais.

Enquanto ela olhava fixamente para o rosto do marido, percebeu que as rugas de desespero e fúria do seu rosto se suavizavam.

Ela queria acariciar sua pele, mas as mãos de Ana Claudia não permitiam.

Ela queria ouvir a voz dele tentando dizer algo que finalmente fizesse algum sentido. Ela precisava de uma frase que pudesse justificar as atitudes do marido, mas não ouvia nada.

Finalmente Patrícia compreendeu que o corpo contorcido caído no chão gelado não tinha mais vida.

Os joelhos dela se curvaram e as pernas tombaram como uma árvore cortada.

Cristina e Ana Claudia se agacharam num movimento protetor.

As duas mulheres tentaram afastá-la daquela cena trágica, mas ela permaneceu imóvel, com o olhar perdido de quem não encontra um caminho além da escuridão.

Meia hora depois, o grito de Patrícia brotou de alguma parte escondida da alma, como se tivessem aberto os portões subterrâneos do sofrimento.

CAPÍTULO QUARENTA E DOIS
O PESO DO MUNDO

Os interfones da casa tocaram ao mesmo tempo. Cristina soltou com cuidado a mão de Patrícia e atendeu ao chamado na sala.

— Um homem está na portaria. O nome dele é Joaquim — ela repetiu as palavras do porteiro.

Patrícia assentiu, mas não conseguiu dizer quem era Joaquim. Como um bandido tinha conseguido se transformar num amigo tão próximo do marido? Quem tinha sido a má influência? Um homem dono de uma mente brilhante como Ricardo não tinha permissão para se deixar levar. Tinha a obrigação de ser a boa influência. Sempre.

Cristina abriu a porta de entrada e esperou.

O homem entrou como se fosse o dono da casa, mas foi surpreendido pela atitude de Cristina, que impediu sua passagem. Ela sussurrou algumas palavras e deixou Joaquim passar. Os golpes da sola de sapato no piso de mármore e os passos largos lembravam um soldado em marcha.

Joaquim parou na porta da varanda.

Somente os soluços abafados de Patrícia quebravam o silêncio.

O delegado continuou em pé, parado na porta.

Mais uma vez, o som do interfone da sala chamou a atenção de Cristina.

— André está na portaria. — A dimensão da porta da casa e o branco que predominava no espaço criavam um ambiente etéreo.

Ana Claudia fez sinal para que ela liberasse a entrada dele.

O ar parecia estático na varanda. Como se a terra estivesse imóvel. O farfalhar das folhas não emitia som. O tecido branco dos xales pendurados no teto continuava sua dança em câmera lenta.

Joaquim olhou para Patrícia e falou:

— Foi você quem fez isso. Eu avisei o Ricardo que você não prestava!

— Você só pode estar louco! — Ana Claudia se levantou. Como uma pipa que se avoluma quando se aproxima do solo, ela encarou o homem.

Patrícia olhou para cima. A senhora Culpa mandando lembranças...

— Como você teve coragem de mandar aqueles homens atrás de mim? — disse ela.

— O quê? — Cristina chegou tão perto dele que podia ouvir sua respiração acelerada. — Foi você?

— E ainda pagou Karina para nos espionar — Patrícia continuou a falar como se sua voz tivesse vontade própria.

— Pode dizer adeus à boa vida. Você não vai sair dessa — disse Ana Claudia.

O som da campainha interrompeu a discussão. Dessa vez, foi Ana Claudia quem foi até a porta.

— O que aconteceu? — perguntou André.

— Tudo. O juiz está morto. — Ana Claudia levantou os braços e saiu andando.

— Como? — André levou as duas mãos à cabeça, em choque.

Os dois pararam no meio da sala.

— Suicídio. Deu um tiro na cabeça — respondeu Ana Claudia.

Ele sacudiu a cabeça e olhou para o teto. Alguns segundos depois, virou a cabeça na direção da varanda e falou:

— Como ela está?

— Arrasada.

— Posso imaginar.

— Eu não consigo entender. — Ana Claudia sacudiu a cabeça.

— Preciso falar com ela agora.

— Fique atento. Esse cidadão que você vai conhecer agora é um delegado da polícia civil. Era amigo do juiz. Está acusando Patrícia de ser a responsável pela morte do marido.

André não esperou pelo final da frase. Deu alguns passos, mas parou quando ouviu as palavras de Ana Claudia:

— Não tome nenhuma atitude que possa piorar a situação. Temos que pensar nela e na investigação que começa agora. Foi o delegado quem contratou os três homens que nos atacaram hoje de tarde. Deve estar envolvido até a medula.

— Você quer que eu fique olhando para a cara imunda do sujeito sem fazer nada?

— Quero isso mesmo.

André foi na frente, seguido de perto por ela.

Patrícia continuava sentada sobre os joelhos no chão da varanda.

Joaquim encarava Cristina. A respiração ruidosa e os movimentos nervosos denunciavam a raiva dela.

André pediu licença, já encostando o ombro no ombro dele.

No silêncio da varanda, o som abafado do pranto de Patrícia ganhava a proporção de um choro desesperançoso.

André se ajoelhou ao lado dela e esperou, hesitante, sem saber se podia segurar sua mão. Olhou para o corpo imóvel e se esforçou para imaginar uma criatura viva, um juiz poderoso, um homem intenso.

Patrícia levantou a cabeça. Seus olhos úmidos e vermelhos carregavam uma indagação triste.

— Precisamos chamar a polícia — André falou baixo.

— Já estou fazendo isso. — Joaquim pegou o celular e se identificou como advogado da vítima de um provável suicídio.

André segurou a mão de Patrícia com firmeza.

— Venha.

Ele se levantou e, com delicadeza, puxou-a pelos braços.

Enquanto o advogado falava sem parar, André levou Patrícia para a sala.

Enquanto isso, Ana Claudia foi até a cozinha preparar um chá.

Cristina subiu as escadas e entrou no quarto do casal à procura de um calmante.

Joaquim se aproximou do sofá e falou para Patrícia, como se ninguém mais estivesse ali:

— Espero que você tenha entendido a mensagem e nem pense em continuar com essa investigação idiota. Você já viu como acaba.

André foi até ele.

— E como acaba?

— Acaba em tragédia.

— Você está nos ameaçando? — ele falou alto e olhou fixamente nos olhos do delegado.

— Só dando um toque da realidade. — O homem abaixou o olhar.

O punho fechado de André foi tão rápido que o delegado sequer percebeu que seria atingido por um soco no osso da face. A força do golpe o desequilibrou, mas ele não se deixou cair. Apenas dobrou uma das pernas e chegou a encostar o joelho no chão, mas logo se reergueu e usou a outra perna para aplicar um chute nas costelas de André. A dor aguda fez o corpo dele se curvar para a frente. Patrícia gritou.

Ana Claudia apareceu na porta da cozinha e correu para a sala.

Antes que ela pudesse impedir, André jogou todo o peso do seu corpo contra Joaquim e acertou dois socos, um em cada lado do rosto.

Cristina já estava de volta.

As mulheres gritaram em uníssono.

Uma linha de sangue se formou abaixo do nariz do delegado. O homem sentiu a tontura provocada pelas pancadas e deu alguns passos irregulares.

O grito de Patrícia impediu André de continuar, mas a linguagem do seu corpo não deixava dúvida: era um touro furioso pronto para o ataque.

Ana Claudia aproveitou a trégua aparente e conduziu o advogado Joaquim até a porta.

— Aceite meu conselho e não volte! — O vozeirão dela tinha se transformado numa melodia aterradora.

Parada na porta, ela observou Joaquim entrar no carro e sair.

CAPÍTULO QUARENTA E TRÊS
O VELÓRIO

Na sala abafada, um grupo de pessoas se aglomerava. Alguns murmuravam. Outros tentavam se aproximar do corpo do homem, exposto como se fosse uma peça de museu.

André imaginava o teor dos comentários sussurrados pelos quatro cantos da sala.

Muita gente ali dividia rumores sobre os motivos do suicídio do juiz federal Ricardo Cunha.

Carlos Fontana se aproximou de Patrícia e ofereceu um abraço apertado.

— O que eu posso fazer por você?

Ela sorriu.

— O que você sempre fez. Basta ser você.

Um homem num terno cinza barato subiu num púlpito no canto da sala e pediu silêncio. As pessoas começaram a se sentar nas cadeiras enfileiradas. Patrícia, Ana Claudia e André tinham cadeiras reservadas na primeira fila. Carlos foi apresentado como um grande amigo de Ricardo e se sentou ao lado da companheira inseparável com quem dividiu o tempo na época da Primeira Vara Criminal. Uma música piegas tomou conta do ambiente. Quando todos estavam em silêncio, o homem pegou o microfone e falou com entusiasmo sobre as qualidades do juiz que ali jazia, como se o homem nunca tivesse se prostituído, nunca tivesse se corrompido. Como se o homem não tivesse saído de cena sem oferecer um motivo que explicasse sua conduta tão disparatada.

Patrícia tentou não ouvir as palavras do texto sentimental. O cheiro de incenso queimado dava uma sensação de serenidade.

Ela pensou na morte. O significado do fim poderia ser uma escolha? O marido tinha abraçado péssimas opções, mas escolher a morte tinha sido uma opção consciente? Ela precisava perdoar, mas não sabia como.

Durante mais de uma hora, fisionomias conhecidas e desconhecidas se enfileiraram para beijar e abraçar Patrícia. Diziam frases ensaiadas e aproximavam seus rostos numa intimidade fabricada.

Carlos pediu licença para o grupo de mulheres que se aglomerava ao redor da viúva. Suavemente, segurou o braço dela e mostrou os dentes amarelados num meio sorriso.

— Vamos. Já chega. Vou levar você pra casa.

Patrícia acenou para Ana Claudia.

André foi ao encontro dela e levou a mão à pequena cicatriz no alto da testa.

— Você parece cansada demais — falou baixo no ouvido dela.

— Carlos vai me levar para casa. Vou ficar bem.

Ela se despediu e saiu olhando para o chão.

André seguiu os dois com o olhar até a saída.

***

Pães, bolo, queijos e frutas. Suco e chá. Guardanapos coloridos e copos de cristal. A mesa do lanche tinha sido arrumada com esmero.

— A mesa está linda. Nem sei o que dizer — Patrícia agradeceu a cozinheira.

— Mais um lugar?

— Sim, por favor. E você pode ir pra casa. Vai chegar muito tarde. Eu vou conversar um pouco com o Carlos. Fique tranquila.

Patrícia sorriu e caminhou até a varanda, seguida por Carlos.

Em algum lugar, alguém tocava piano.

— Você desconfiava dele? — ela perguntou sem rodeios.

— Na verdade, sim. Eu imaginava alguma coisa. Mas nunca ouvi nada.

— Por que você imaginava? — ela se virou, ainda encostada no parapeito da varanda, e olhou para ele.

— Sempre achei o Ricardo muito arrogante. Inteligente demais. Tinha um enorme saber jurídico, mas eu acompanhava as viagens e via os carros... Além disso, essa casa deve ter custado uma fortuna.

— Só eu nunca percebi? Ou não *quis* perceber? — Ela passou a mão no cabelo, exasperada, e continuou: — Ele andava bebendo muito, se fechando cada vez mais. Tinha trocado os discursos de quem sabia e queria impressionar por palavras duras. Ricardo foi se transformando num homem cada vez mais agressivo e distante. E, mesmo olhando esse quadro, eu não enxerguei nada.

Ele acariciou o rosto dela.

— Por que Isabel não veio? — ela perguntou.

— Está com uma infecção de garganta terrível. Mandou um grande abraço.

Patrícia virou o rosto.

— Vamos entrar?

Carlos segurou a mão dela e, sem cerimônia, beijou a palma direita.

Patrícia puxou a mão e entrou na sala.

— Acho melhor você ir agora. — Ela encolheu os ombros e cruzou os braços na frente do corpo.

— Desculpe — ele falou e continuou andando atrás dela.

— Conversamos outro dia... — ela não olhou para trás e caminhou até a porta de entrada.

— Você sabe que sempre fui doido por você.

— Eu sei? Eu não sei de nada. — Sua voz saiu desafinada e ela levantou os braços. — Sei que você tem mulher. Aliás, deve ser sua quarta tentativa! Sei que sempre fomos grandes amigos. Ou pensei que fôssemos amigos. Sei que jamais dei chance pra você imaginar que pudesse ser diferente! — Seu tom de voz era furioso.

Patrícia só conseguia sentir raiva.

Tanta raiva que sentia a dilatação dos seus poros.

Ela fechou a porta antes mesmo que Carlos Fontana terminasse de destrinchar um rosário de pedidos de perdão.

A mesa de lanche permaneceu intocada.

No décimo degrau da escadaria, Patrícia sentou e viu Gypsy subir cada degrau como se fosse o monte Everest.

Toda a traição do universo parecia palpável naquele momento.

Ricardo, o grande traidor. Escondeu dela uma existência inteira. Todas as crenças tinham ficado submersas naquele mar de lama. A alma vendida valia tão pouco para Ricardo? O dinheiro que comprou sua alma e tantas coisas desnecessárias substituiu a aliança do casal e roubou o lugar das convicções do juiz. E para quê?

Carlos, um amigo que ouviu tantas confidências e dividiu risos e temores com ela era capaz de trair sua mulher e sua família por uma fantasia? Trair sua melhor amiga por um capricho de macho? Um devaneio sexual podia valer mais que todo o resto?

E ela própria? Traidora maior! Tinha um marido e virou as costas para seu casamento. Entregou sua parte mulher para outra pessoa. Ou seria para uma fantasia sexual? Nunca foi capaz de enxergar as dúvidas do homem que vivia com ela. Seu egoísmo era traição mal disfarçada.

Ou os caminhos eram só um emaranhado de cordas de equilibrista? Cada um tentando se equilibrar entre as escolhas e as consequências. Todos condenados a se responsabilizar pelas próprias escolhas.

Patrícia acariciou o pescoço da cachorra. Pouco a pouco, a raiva se transformou em desesperança.

CAPÍTULO QUARENTA E QUATRO
EM CASA

Quarenta e seis dias e quarenta e seis noites se passaram. Patrícia vagou pela casa vazia. Portas e paredes guardavam mais dúvidas do que boas lembranças.

Mensagens foram respondidas automaticamente.

Alguns telefonemas, ignorados.

Ana Claudia e Cristina apareceram várias vezes.

Lucimara já se preparava para ir embora quando ouviu o toque do interfone. Ela ouviu a mensagem do porteiro e foi até a sala.

— Dona Patrícia, o senhor André está na portaria. — Lucimara levantou as sobrancelhas.

— Pare com esse "dona". Você sabe que eu nunca gostei disso. Pode ir para casa, eu atendo a porta.

Ela sabia que quem insistia na questão do título de respeito era o juiz. Patrícia deixou uma caneca de chá e um livro aberto na mesa lateral do sofá da sala de TV e foi até a porta de entrada, acompanhada pela cachorra que seguia, como uma sombra, qualquer movimento que ela fizesse.

A promotora tinha o cabelo preso em um coque no alto da cabeça. A luz esbranquiçada que vinha da platibanda na entrada da casa realçava a palidez do rosto dela. Parada na porta, Patrícia parecia uma figura central num quadro hiper-realista, o azul da roupa em contraste com o branco ao redor.

André subiu os degraus de acesso entre o jardim e a entrada olhando para o rosto dela.

Ela reconheceria aquele andar em qualquer situação. Poucas pessoas conseguiam provocar uma explosão de sensualidade simplesmente ao caminhar. André era uma delas. Patrícia não lembrava de ter se sentido assim alguma vez ao olhar para Ricardo. Ou de ter se sentido assim ao olhar para qualquer outro homem.

Dona Culpa voltou a bater na porta de Patrícia.

Ela viu em seu olhar que ele era capaz de perceber as olheiras que tinham se formado ao redor dos olhos dela, além da palidez do rosto.

Sem dizer nada, os dois se entregaram a um longo abraço.

A luz do entardecer contrastava com a iluminação dos postes espalhados pela rua estreita do condomínio.

— Vamos caminhar um pouco? — Ele estendeu a mão e ela entrelaçou seus dedos com os dele. Depois de tantos dias de clausura, ela precisava respirar os ares do mundo. Imaginou que Gypsy adoraria um passeio e chamou-a pelo nome.

Eles caminharam sem pressa. A guia que prendia Gypsy, sempre frouxa. A cachorra acompanhava o passo lento enquanto cheirava as plantas e a grama dos jardins. O perfume suave das flores de jasmim--manga se difundia na calçada.

— Eu entendo seu sofrimento, mas não entendo que esse sofrimento seja tão poderoso e tirano para determinar que eu não posso fazer parte da sua história — disse ele.

— Eu não quero você fora da minha história, mas nesse momento também não posso tirar Ricardo dela.

— Ele sempre vai ser parte da sua vida.

— Eu preciso entender o porquê de tudo isso. — Ela parou de repente. Levantou os braços e, sem querer, puxou a guia. Gypsy virou a cabeça com olhar de interrogação.

— Você nunca vai saber. Talvez nem ele soubesse.

— Será que eu nunca conheci meu marido? — ela suspirou e voltou a caminhar.

— Você se apaixonou por uma parte dele. Isso foi verdadeiro. O resto não importa mais.

— Tudo que eu condeno num ser humano vivia comigo.

— Esse lixo não pertence a você. Ele levou com ele. Cada um de nós consegue dirigir seu caminhão de lixo, mas o lixo dos outros não cabe na caçamba.

— Eu tinha que ter sido parte da história dele — Patrícia falou e sacudiu a cabeça.

— Você foi. Até onde ele se permitiu dividir essa história.

O casal caminhava sozinho pela rua que atravessava o condomínio. Dos dois lados, viam pequenos jardins.

— E, mesmo que tivesse dividido, a sentença final era dele — observou ela.

— A decisão sempre seria dele.

— No final, a escolha definitiva foi dele — ela falou com firmeza na voz.

Patrícia olhou para André e continuou:

— Eu também preciso fazer as minhas escolhas.

Um carro passou por eles. Gypsy parou, esperando a passagem do intruso.

— Eu li sua matéria. Ficou perfeita. — Ela encostou na mão dele.

— Eu não vou mentir. Fiquei orgulhoso do meu trabalho.

— E deve ficar mesmo.

— Uma operação da Polícia Federal já identificou doze pessoas nesse esquema de venda de sentenças, inclusive o nosso conhecido Joaquim. Recolheram várias caixas de evidências na última madrugada na casa de um juiz da Segunda Vara.

— Joaquim vivia atrás do Ricardo. Eu sempre achei aquela amizade estranha. Ricardo tinha um refinamento intelectual que chegava perto da arrogância e Joaquim era o seu oposto. Um sujeito tosco que transpirava arrogância pelos poros. Nunca entendi a razão do afastamento dele do Gaeco. Mas ele sempre levou uma vida de gastança.

230

— Com certeza o Ministério Público vai pedir condenação. Já apareceu mais um juiz envolvido no esquema. Outros dois são empresários, um advogado e um diretor de banco. Amanhã vão divulgar a lista dos investigados.

— Eu imagino que você veio me preparar para a visita da polícia. — Patrícia reparou nos galhos secos de uma palmeira que necessitava de poda.

— Eles devem aparecer logo. — Ele apertou a mão dela, como se para protegê-la.

— Não mexi em nada. O escritório está intacto. Por sorte, nunca fui consumista. Jamais comprei uma joia ou um quadro e não tinha conta conjunta com o Ricardo.

— Tenho certeza que o interesse da polícia por você é pró-forma.

No final da rua asfaltada, um bosque dividia o espaço com o salão de festas. Três pinheiros araucária mostravam sua copa majestosa, acima das árvores de tronco fino e galhos acanhados.

Patrícia e André tomaram o caminho de volta.

Na frente da casa, ela olhou para o jardim e para o portal tailandês imponente na parte mais alta do gramado.

— Minha primeira decisão. Vou vender essa casa.

Ela segurou a mão dele. Precisava se sentir conectada a alguém e não conseguia imaginar outra pessoa com quem pudesse experimentar tal ligação.

Patrícia empurrou a porta pesada e deixou Gypsy passar. Os dois entraram na casa.

— Patrícia...

André segurou os braços da mulher e aproximou a boca da dela. Os lábios se juntaram num beijo suave e hesitante. A promotora tirou a blusa pela cabeça e deixou à mostra um sutiã rendado. Ele beijou-lhe o pescoço delgado e deslizou as alças do sutiã dela.

Patrícia tirou a camiseta preta que ele vestia, abriu o botão da calça jeans e os dedos entraram em contato com a pele sensível.

Beijou o peito nu até a extremidade do ombro, explorou os músculos dos braços e do pescoço com um toque suave. Ela fez sua própria calça deslizar para o chão branco e gemeu quando sentiu a respiração dele na nuca.

— Eu quero você — sussurrou ela, e conduziu André até o sofá da sala.

Ele afundou no sofá.

Patrícia soltou a presilha que segurava o coque no alto da cabeça. O cabelo escuro caiu sobre os ombros, e ele puxou a cabeça dela para trás, expondo o pescoço.

Ela acariciou o rosto de André e puxou o lóbulo da orelha direita com os dentes.

André fechou os olhos, suspirou e entendeu que ela precisava do controle naquele momento. Tinha urgência em assumir o domínio da própria vida.

CAPÍTULO QUARENTA E CINCO
O CERCO SE FECHA

André vasculhava os portais de notícias entre um gole e outro de café preto, como costumava fazer todas as manhãs. O nome "Chefinha" na chamada rosa atraiu seu olhar.

> Pistola rosa apreendida em operação que terminou com traficante "Chefinha" morta em ação da polícia no município de Guaíra, no Paraná.
>
> A ação dos policiais do 17º BPM de Guaíra terminou com a morte de duas lideranças do tráfico: o traficante Murilo Jamal, conhecido como "O Rei da Fronteira", e Taynara Cardoso da Rocha, a "Chefinha". Teve ainda a apreensão de armas. Uma delas chamou atenção da polícia por se tratar de uma **pistola estilizada na cor rosa e com flores** (inspirada em monograma de uma famosa grife francesa). A arma foi apreendida no local do confronto, juntamente com dois fuzis e outra pistola convencional.

Ele ligou para Patrícia no mesmo instante.

— Você viu as notícias hoje?

— Ainda não. O que aconteceu? Achei que a ligação antes do café era só saudade.

— Saudade também. — Ele riu. — Mas abra o G1. Mataram o Jamal e a mulher atual.

Ela leu a notícia no celular e mordeu o lábio, pensativa.

— Não sei o que pensar.

— Tenho que confessar que fiquei aliviado.

— Mas por que agora? — Ela estava intrigada.

— Tenho a impressão que você vai descobrir nos próximos capítulos. Te pego às sete. Vamos tomar chopp com carne de onça e falar de crimes.

Patrícia passou mais algum tempo buscando notícias sobre a operação que acabou com a morte do famoso casal do tráfico. Não descobriu nenhum detalhe interessante, além do gosto estranho da "Chefinha" por armas personalizadas. Enquanto esperava a abertura do portão do condomínio, ligou para Ana Claudia.

— Você já soube da morte do Murilo Jamal?

— Li alguma coisa. Não derramei nenhuma lágrima — ela falou com voz séria.

— Achei o momento inesperado, no mínimo.

— Você mal se livrou de ser envolvida nessa trama das sentenças e já quer fuçar em uma operação policial. Deve ser problema genético.

— Deve ser abstinência. Sinto falta do Crime!

Parada no semáforo da rua Alferes Ângelo Sampaio, ela escolheu o nome Cássio no painel digital da Discovery. Logo a voz do delegado vibrou nas caixas de som do carro.

— Eu gostaria de conversar um pouco. Nada sério — ela começou.

— Mesmo lugar do chá? Cinco horas?

Na hora marcada, Patrícia estava sentada a uma mesa na varanda coberta na cafeteria da Livraria da Vila. Ele chegou quinze minutos depois.

— Soube que você teve trabalho para se livrar de um inquérito… — ele se ajeitou na cadeira, deixando as pernas de lado. A mesa não tinha sido projetada para pessoas da sua altura.

— Um pouco. Mas eu consegui comprovar capacidade de pagamento para todas as minhas despesas. Não houve nenhuma tentativa de me incriminar. Nem existia prova documental, nada.

Os sons que vinham da livraria chegavam na varanda diluídos, se misturando às vozes das poucas pessoas que conversavam entre um gole e outro dos cafés.

— Melhor assim.

— Imagino que você já sabe que o traficante suspeito de contratar um atentado contra mim foi morto numa operação em Guaíra. — Patrícia fez sinal para o garçom e pediu um cappuccino.

— Ele e a parceira da pistola cor-de-rosa. Eu soube.

— Alguma coisa estranha na operação?

— Eu não ouvi nada. — Cássio fez uma careta. — Mas ligo se aparecer alguma coisa.

Patrícia percebeu hesitação na expressão dele e soube que o delegado não estava disposto a escarafunchar uma operação policial como um favor para uma estranha.

***

No Bar do Alemão, ponto obrigatório na agenda dos turistas, as canecas de chopp eram a grande atração nas mesas de madeira no Largo da Ordem. Algumas chegavam às mesas com um pequeno copo de Steinhaeger submerso, o tradicional Submarino.

Várias canecas de chopp foram consumidas por Patrícia e André.

— Conversei com seu amigo Cássio hoje.

André fez uma careta de surpresa.

— Pedi para ele fuçar um pouco aquela operação que acabou com a morte do traficante Jamal — ela explicou.

— Por quê?

— Achei a história muito estranha.

— Ele disse alguma coisa? — André se mexeu na cadeira.

— Nada. E não se mostrou disposto a procurar.

— E você quer que eu peça um favor...

Ela não respondeu. Apenas deu um sorriso maroto.

— Vou falar com ele, mas não vou forçar nada. Não sei por que você cismou com isso, mas se estiver certa, vou pegar carona numa pauta para a revista. — André sorriu e segurou a mão dela. — Recebi uma ligação da Franciele hoje. Número desconhecido. Disse que está no interior.

— Como ela está?

— Pareceu calma. Acho que foi para uma cidade pequena, mas não disse exatamente onde. Com o acordo fechado, foi melhor ela ficar fora do radar, longe do Paraná. Disse que não precisa de nada por enquanto.

— Sei que você estava preocupado.

— Foi um alívio ouvir a voz dela. — Ele riu e continuou: — E também sei que vou ser o primeiro da lista, se ela precisar de ajuda.

— Então pode dormir tranquilo...

***

Quatro dias depois, André, Patrícia e Cássio dividiam uma mesa no Bar do Victor.

— Não sei o que acontece com vocês, mas sempre conseguem se meter nos rolos.

— Qual foi o rolo? — André perguntou.

— Existia uma encomenda pela cabeça do traficante. Há rumores de uma investigação que envolve alguns policiais numa milícia e o seu conhecido Joaquim está entre os investigados. Tudo indica uma ligação entre essa milícia e a operação em Guaíra. — Cássio olhou para Patrícia. — Você tem ideia do paradeiro dele?

— Nunca mais falei com ele. No meu depoimento, falei da ligação dele com o Ricardo, mas não sei se abriram algum inquérito. Joaquim deve ter ficado louco de raiva, porque nunca mais apareceu.

— Ele sabe que seria uma péssima ideia aparecer agora. Se pensa em vingança, vai esperar o caldo esfriar — disse o delegado Cássio.

— Você acha possível? — André não escondeu a preocupação na sua voz.

— Possível sempre é, mas acho que esse cara já entrou no desespero. Não tem mais para onde correr e não vai gastar cartuchos com uma vingança sem propósito.

André passou os dedos pela cicatriz na testa e olhou para Patrícia, uma mulher independente e, ao mesmo tempo, vulnerável diante de tanta violência e impunidade. Os quadros nas paredes do restaurante mostravam um fundo do mar colorido, mas André via retratos de um aquário escuro e opressor.

CAPÍTULO QUARENTA E SEIS
INVERNO CURITIBANO

Num sábado cinzento, típico do inverno curitibano, o delegado Cássio apareceu para uma visita inesperada. Subiu as escadas com passadas rápidas, as mãos enfiadas nos bolsos do casaco.

— Entre logo. Não fique parado no frio. — Patrícia reparou que ele mexia os pés, como se estivesse andando no mesmo lugar.

O delegado entrou na casa aquecida. O ar quente em contato com a pele gelada do nariz dava uma sensação de aconchego.

— Hoje está fazendo zero graus — disse ele, assoprando os dedos da mão.

Patrícia ofereceu chocolate quente e *irish coffee*. Cássio aceitou uma xícara da primeira bebida. Ela caminhou na frente e mostrou a sala onde André estava sentado no sofá, bebericando um *irish coffee*.

— Gostei da sua visita, mas fiquei curioso — confessou André.

— Eu trouxe notícias sobre aquela operação em Guaíra.

Patrícia e André prenderam a respiração e olharam fixamente para Cássio.

— O delegado Joaquim foi preso hoje de manhã pelo Gaeco numa operação que investiga o jogo do bicho. Numa denúncia do Ministério Público, aparecem conversas entre o delegado e o juiz Ricardo Cunha. Nessas conversas, Joaquim aparece como participante em vários crimes, inclusive a venda de sentenças.

— Você disse que tinha notícias sobre Guaíra — André observou.

Patrícia continuava calada, a expressão de quem tinha visto um fantasma.

— A operação foi confusa. Alguns policiais estão sob investigação, mas, segundo o próprio Joaquim, a morte do Murilo Jamal estava encomendada. Ele era apenas o intermediário. — Cássio fez uma pausa quase teatral e continuou: — O mandante por trás da ordem era Ricardo Cunha.

André segurou firme a mão de Patrícia. Ela sacudiu a cabeça. Não conseguia processar o significado das palavras. Sentiu necessidade de conversar com Ricardo, ouvir dele algum tipo de explicação.

Adivinhando a intensidade do turbilhão que se formava em sua mente, André interrompeu os pensamentos dela:

— Ele deve ter ficado apavorado com a ideia de perder você. O atentado que você sofreu despertou nele um pavor tão profundo que ele decidiu exercer o poder de fazer a própria justiça.

— Ou *ser* a própria justiça — ela falou num sussurro.

— Por conta dessa decisão de fazer justiça e outros crimes, acho que o delegado Joaquim vai passar algum tempo enjaulado. Vai tentar jogar grande parte da culpa nas costas do seu falecido marido, que não está aqui para se defender. Ainda assim, a condenação é certa.

Patrícia sentiu um traço de alívio por Ricardo não estar ali. Se estivesse vivo, a vida deles teria sido irremediavelmente transformada. As acusações contra ele seriam inevitáveis. Patrícia seria a promotora de acusação e o juiz seria o réu em todos os momentos cotidianos. A memória de traição seria sempre planta invasora na vivência rotineira. A paixão visceral que sentia por André seria uma dúvida constante.

André sinalizou para Cássio, que logo entendeu que deveria deixar o casal e se despediu.

A penumbra penetrou a sala pelas grandes portas envidraçadas.

André preparou mais duas canecas de *irish coffee* e esperou.

Quando Patrícia estava pronta, falou, decidida:

— Sem nenhuma razão, eu sinto que estou em paz.

Ele não precisava saber a razão. Só queria estar ali.

FONTE Adobe Garamond Pro
PAPEL Pólen Natural 80 g/m²
IMPRESSÃO Paym